Findelstraße 66….oder „Ein Hoch auf die deutsche Rechtsprechung"

Diese Zeilen widme ich meiner Frau, meiner Familie und allen Freunden die mir geholfen haben.

Rainer Hölters

Findelstraße 66....oder „Ein Hoch auf die deutsche Rechtsprechung"

Wie Mieter zum Albtraum wurden

Bibliografische Information der Deutschen
Nationalbibliothek

Die Deutsche Nationalbibliothek verzeichnet diese

Publikation der Deutschen Nationalbibliografie;

Detaillierte bibliografische Daten sind im Internet

Über http://dnb.d-nb.de abrufbar.

Herstellung und Verlag: Books on Demand GmbH, Norderstedt
ISBN 9783837077308

Mietshaus Findelstraße 66............oder „ Ein Hoch auf die deutsche Rechtssprechung"

Kapitel 1

Das Haus Findelstraße 66 ist ein 2-Familienhaus. Erbaut wurde es von meinen Großeltern Anfang der 60-er Jahre. Meine Mutter und ihre drei Brüder lebten dort zusammen auf zwei, später auf drei Etagen. Erst als alle Kinder aus dem Haus waren fing mein Opa an eine, zum Teil auch zwei Etagen zu vermieten.

Als im Sommer 1990 die obere Etage (3 Zimmer, Küche und Bad) frei wurde kam ich das erstemal mit diesem Objekt in Verbindung. Ich zog mit meiner damaligen Freundin in dieses Haus und musste nun auch Miete an meinen Opa zahlen. Mit meinen 21 Jahren ein großer Schritt Richtung Verantwortung. Ich war Geselle als Installateur und Heizungsbauer im elterlichen Betrieb, meine Freundin Arzthelferin. Die Miete an meinem Opa konnten wir uns leicht leisten und um alle anderen Dinge brauchten wir uns als Mieter ja nicht kümmern....Vielleicht zwei Jahre später machte mein Großvater meinem Vater den Vorschlag das Haus zu kaufen. Er könne dann seinen Kindern das Erbe auszahlen und hätte selber eine vernünftige Rente. Natürlich blieb er kostenfrei und mit Wohnrecht auf Lebenszeit im Erdgeschoß wohnen. Mein Vater willigte ein und so hatten wir dieses Objekt nun in unseren Besitz. Da ich dort wohnte wurde nun mir die Verantwortung und Aufsicht übertragen....Leider verstarb mein Opa kurze Zeit später......

Kapitel 2

Der Garten dieses Hauses war zu Opa und Omas Lebzeiten ein reiner Nutzungsgarten. Auf den etwa 1000m² waren viele Obstbäume, Gemüsebeete und sehr, sehr viel Krimskrams. Ich machte mich ans Aufräumen und Umgestalten. Mein Opa war Maurer und ich habe Kubikmeter alte Betonhügel von dem Grundstück entfernt. Tagelang habe ich gestemmt und geschüppt. Alte Bäume, alte Zäune und Sträucher wurden entfernt. Neue Blumenbeete angelegt, ca. 60 Lebensbäume gepflanzt. Zusammen mit meinem Vater habe ich den alten Kanikkelstall zu einem schönen Gartenhaus umgebaut.

Das Haus selber war von meinem Opa von außen mit hellblauen!! Riemchen verkleidet worden. Die habe ich alle angestemmt und es wurde ein Rauputz von einem Maler aufgezogen und alles gestrichen. Nach einigen Monaten harter Arbeit waren dieses Objekt und das Grundstück nicht wieder zu erkennen. Ich zahlte zwar immer noch Miete, jetzt an meinen Vater, aber mir war klar dass es ja unser Haus ist und ich natürlich zur Tilgung der Finanzierung was beitragen werde.

Parallel dazu kümmerten wir uns um einen neuen Mieter für die Erdgeschosswohnung. Zum ersten Mal sollten Fremde in dieses Haus ziehen.... Da Anfang der 90-er die Grenze fiel, hatten wir reichlich Andrang der ostdeutschen Mitmenschen. Ende 1993 zog dann eine junge Familie mit einem Kind in die Erdgeschosswohnung ein. Das Paar war nicht viel älter als ich und wir verstanden und auf Anhieb. Chef und Vermieter war ja mein Vater und um alles andere kümmerten wir uns gemeinsam. Die Miete kam immer überpünktlich, nie wurde gemeckert, das Grundstück sah Dank unserer gemeinsamen Tätigkeiten aus wie geleckt. Wir wurden richtige Freunde und verbrachten sehr viel Zeit zusammen. Im Juni 1994 heiratete ich dann meine Freundin.

Kapitel 3

Anfang 98 war das Haus abbezahlt. Da mein Bruder mittlerweile seinen Meister im Heizungsbau gemacht hatte kam mein Vater eines Tages auf uns zu und überschrieb meinem Bruder die Firma und mir das Haus Findelstraße 66. Ich habe mich sehr gefreut, dachte keine Miete mehr zahlen sondern sogar noch Miete kassieren. Es lief ja auch super mit der unteren Partei und ich war stolz wie Oskar jetzt Hausbesitzer zu sein.

Als erstes habe ich mich an das Dachgeschoss gemacht. In wochenlanger Feierabendarbeit entstanden dort oben noch einmal zwei Zimmer und ein kleines Bad. Das Treppenhaus wurde vergrößert und ich lebte nun mit meiner Frau und Hund auf zwei Etagen mit zwei Bädern!!

Nun fehlte zu unserem Glück nur noch ein schöner großer Balkon. Wir hatten, so wie es damals üblich war, nur einen kleinen Vorsprung am Haus. Dieser reichte allenfalls zum Bettwäsche ausschlagen und war auch langsam baufällig. Nach Überprüfung unserer Finanzen entschlossen wir selber etwas zu entwerfen und zu bauen. Aus Stahl, Sicherheitsglas und Bootsdielen entstand mein ganzer Stolz. Ein Balkon wie der Bug eines Schiffes. Man fühlte sich wie Di Caprio in dem Film „ Titanic". Platz war für 6-8 Leute. Bauführer und Planer war mein Vater. Eine Meisterleistung. Nun musste ich aber langsam etwas bremsen. Der Dachausbau und der Balkon hat doch etwas Geld verschlungen. Aber was soll passieren? Wir haben ja unseren Verdienst und die Miete kommt ja auch..... noch....

Wenige Tage später stellte ich nach einem heftigen Herbststurm mit Unmengen an Regen einen großen Schaden auf meiner Dachfläche fest. Es regnete in das Haus. Nachdem ein Dachdecker sich den Schaden angeschaut hatte kamen wir zu der Erkenntnis, dass alles außer einem neuen Dach weggeschmissenes Geld ist. Die Schäden waren zu stark und die Dachpfannen zu angegriffen. Jetzt musste ich das erste Mal über Geld nachdenken.

Ich finanzierte diese Dachsanierung in fünfstelliger Höhe in Form eines Bausparvertrages. Nun hatte ich zum ersten Mal einen Kredit. Zwar in beschaulicher Höhe aber es entstanden feste monatliche Mehrkosten. Dafür gewann das Haus wieder an Wert und mit dem neuen Dach sah es aus wie neu.

Kapitel 4

Im Jahr 1999 entschloss ich mich auch meinen Meister zu machen. Die Berufe Installateur und Heizungsbau wurden zusammen gelegt und ich ging für ein Jahr weg vom Bau, hin auf die Schulbank. Ein Teil der Prüfungen konnte ich in Minden ablegen so dass ich abends immer zu Hause war. Für ca. sieben Monate musste ich mir aber ein Zimmer nehmen und lebte bis auf die Wochenenden in Paderborn. Diese Zeit war sehr kostspielig. So einen Meisterschule kostet sehr viel Geld und mein Verdienst war sehr gering. Ohne meine Familie wäre dies nicht möglich gewesen.

Ich habe die Prüfungen gut bestanden und Ende 99 meinen Meisterbrief erhalten....nur in meiner Ehe kriselte es mittlerweile mächtig....

Nun passierte etwas, was mir bis heute ein schlechtes Gewissen bereitet.

Mein Bruder, dem ja jetzt die Firma seit einiger Zeit gehörte, bot mir die Beteiligung der Firma an. Aus Matthias Hölters wurde nun Rainer & Matthias Hölters GbR. Es kam anders als von meinem Vater geplant. Ich sollte das Haus bekommen und mein Bruder die Firma. Jetzt hatte ich das Haus und zur Hälfte die Firma...

Aber es lief sehr gut und nach wie vor hatte ich mit Matthias ein klasse Verhältnis.

Nebenbei renovierte ich den gesamten Keller. Es wurden alle Wasserleitungen und Stromleitungen erneuert und eine neue Waschküche mit WC gebaut.

Nun komme ich wieder auf das Wesentliche. Meine Ehe ging kaputt und im Frühjahr 2001 zog meine Frau aus. Komischerweise kriselte es bei unseren Freunden, den Mietern im Erdgeschoss, auch seit Wochen. Um es kurz zu machen: Der Mieter aus dem Erdgeschoss und meine mittlerweile Ex-Frau sind seit wenigen Wochen verheiratet. Ein Schelm wer Böses denkt...

Die untere Partei trennte sich damals und er zog aus. Das ganze „ Gewohnte „ löste sich auf. Sie blieb dort wohnen und es lief noch einige Monate ganz gut weiter. Wir kümmerten uns weiterhin gemeinsam um das Anwesen und die Miete kam pünktlich. Bald lernte ich meine jetzige Frau kennen und wir zogen ziemlich schnell zusammen. Platz hatte ich ja genug und ich war froh wieder jemanden zu haben. Nach einigen Monaten bekam ich die Kündigung von unten. Nun nahm das Unheil seinen Lauf. Es war mein Haus und ich brauchte einen neuen Mieter. Ich hoffte es wird wieder so wie früher....und es sah auch fast so aus...

Kapitel 5

Im Dezember 2002 hatten wir uns für einen neuen Mieter entschieden. Wir waren damals noch in der glücklichen Lage zu selektieren. Ob die Wohnung ein oder zwei Monate leer stand nahmen wir in Kauf. Hauptsache wir finden einen vernünftigen Mieter.

Es zog eine junge Familie mit einem Kind in die Wohnung. Ich kannte die Eltern der jungen Frau und so entschieden wir uns für diese Partei. Wir verstanden uns prima und es gab keinerlei Beanstandungen. Alles lief zu unserer Zufriedenheit. Meine Frau wurde schwanger und im Sommer planten wir unsere Hochzeit. Auch für Urlaub und andere Aktivitäten war Zeit und auch Geld vorhanden. Wir freuten uns auf die Zukunft und hatten Spaß am Leben. Aber aus heiterem Himmel bekamen wir erneut eine Kündigung. Sie hatten sich für eine größere Wohnung entschieden. Wir mussten das akzeptieren und hatten nun drei Monate Zeit für „ Ersatz „ zu sorgen. Wir sind heute noch mit dieser Familie befreundet.

Kapitel 6

Nachdem wir die Kündigung erhalten hatten kam uns eine neue Idee. Sollten wir vielleicht das Haus komplett alleine nutzen? Meine Frau brachte auch noch ihre jugendliche Tochter mit in die Beziehung und nun stand die Geburt unseres Sohnes auf dem Plan. Vielleicht ist noch ein Kind geplant und für fünf Personen ist das Haus doch prima....

Wir überlegten hin und her, doch die Umbaumaßnahmen in diesem doch verbauten Haus wären sehr kostspielig geworden und am Ende ist dieses Anwesen auch für fünf Personen zu groß. Ich als Alleinverdiener, ohne Mieteinnahmen hätte diese anfallenden Kosten wahrscheinlich nicht bewältigen können.

Was ist wenn wir alles verkaufen und neu bauen? Die Gelegenheit ist günstig. Die Wohnung ist bald frei und das Haus wäre mit unserem Auszug komplett leer. Wir beauftragten einen befreundeten Architekten das komplette Objekt mal durch zu kalkulieren. Vielleicht können wir ja von dem Geld neu bauen, nach unseren Vorstellungen. Der Architekt schätzte das Objekt Findelstraße 66 auf rund 220000€!!! Damit kann man ja planen, oder?

Ohne weitere Planungen beauftragten wir eine Maklerin mit diesem Haus auf den Markt zu gehen. Schnell stellte sich heraus, das der Marktwert zwischen 165000€ - 185000€ liegt. Wir waren wieder auf dem Boden der Tatsache. Im schlimmsten Fall 55000€ Verlust war mir der Spaß nicht wert. Dann lieber neue Mieter suchen und so Leben wie bisher.

Dann trat meine Familie wieder auf den Plan. Meine Eltern, meine Oma und Tante sowie mein Bruder wohnen alle in drei verschiedenen Häuser am Ende einer Sackgasse. Auch unserer Firma ist dort ansässig. Mein Bruder hat ein großes Grundstück und bietet uns nun knappe 600m² zum Kauf an. Wir wären alle zusammen. Meine Firma direkt vor der Haustür. Oma und Opa könnten kurz auf das in Kürze kommende Baby achten usw.

Wir planten dieses Objekt durch und kamen zu dem Entschluss das Angebot anzunehmen. Findelstraße 66 wird an zwei Parteien vermietet und selbst wenn eine Partei mal nicht zahlt oder die Wohnung wieder leer steht kann ich die Finanzierung mit meinem Verdienst aufrecht halten. Schnell wurde der erste Spatenstich gemacht. Meine Frau kümmerte sich per Annonce um einen neuen Mieter im EG und geplant war für Juli ein neuer Mieter im OG.

Kapitel 7

Nun wurde es schon etwas enger einen Mieter zu finden, denn jeden Tag der die Wohnung leer stand kostete Geld was wir in den Neubau stecken wollten. Es wurde auch nicht mehr so genau selektiert. Wichtig war ein vernünftiger Eindruck. Wir mussten ja mit diesen Leuten nicht mehr zusammen leben….

Wieder stellten sich für die Wohnung EG fast ausschließlich Mitmenschen aus Ostdeutschland vor. Wir entschieden uns für eine gewisse Fam. T. aus Eisenhüttenstadt.

Herr T. hatte eine neue Arbeit in Minden gefunden. Frau T. musste noch für drei Monate im Osten bleiben bevor sie aus ihrem Jab ausscheiden konnte. Diese Zeit wollte er für die Renovierung nutzen.

Tagsüber kümmerten wir uns um den Neubau, abends lebten wir in der Findelstraße. So konnten wir beobachten wir er hantierte und anscheinend alles wohnlich gestaltete. Dachten wir zumindest, doch im Grunde tat sich gar nichts….dazu später mehr.

Die Miete wurde pünktlich gezahlt und unser Neubau nahm gestallt an. Bis ich eines Tages bei der Arbeit einen Schlag in den Rücken bekam und von da an so gut wie Bewegungsunfähig war. Ein langes Martyrium begann und endete vorerst mit einer Rehamaßnahme über vier Wochen in einer Klinik bei Wiesbaden. In der Zwischenzeit mussten wir uns um Nachmieter für unsere Wohnung kümmern. Wir entschieden uns für eine junge Familie aus Minden. Wir hofften, dass die beiden Parteien gut zusammen passen. Acht Wochen vor der Übergabe platzte dieser Mietvertrag leider. Der Vater des Mannes war plötzlich verstorben und sein Haus ging in deren Besitz über. Da es rechtlich nicht so einfach ist von heute auf morgen einen Mietvertrag aufzulösen haben hatte diese Familie richtig Angst, dass ich auf den Vertrag und auf die Kündigungsfrist bestehe. Aber ich bin ja kein Unmensch…

Nun hatten wir noch acht Wochen Zeit einen neuen Mieter zu finden. Am 01.06.04 sollte unser neues Heim bezogen werden. Die Kredite der Kasse waren alle auf dieses Datum abgestimmt. Ich war krank und meine Frau hochschwanger. Aber, wie so oft in meinem Leben, dachte ich „ Das wird schon, alles wird gut."

Es stellte sich als schwierig raus die Wohnung OG in der Kürze der Zeit zu vermieten. Für diese zwei Etagen hatten wir 725€ warm veranschlagt. Mit 5€ pro m² auch ein akzeptabler Preis. Nur, wir hatten plötzlich in Porta leerstehende Wohnungen genug. Den einen war es zu teuer, den anderen zu groß. Gartenarbeiten, oder Grundstück sauber halten (was uns natürlich sehr wichtig war) wollten die wenigsten. An eine Kaution war überhaupt nicht zu denken… Das Unheil nahm seinen langsamen Lauf….

Kapitel 8

Ich wurde unruhig. 725€ fehlen ab 01.06.04 für die Kredite und mein Verdienst bestand nur noch aus Krankengeld. Und, was jeder Bauherr kennt, der Neubau wurde doch um Einiges teurer als veranschlagt. Ich musste meine Reserven und mein Erspartes angreifen. Buchstäblich in letzter Sekunde meldete sich eine gewisse Frau S. bei uns. Sie und ihre drei Kinder suchte dringend eine Wohnung und konnte zum 01.06. sofort einziehen. Sie fuhr ein sportliches Auto und machte eine saubere Figur. Auch die Kinder waren sehr nett. Die Miethöhe wäre kein Problem, sie ginge arbeiten und der Ex- Mann zahlt kräftig dazu..... Da wir nicht mehr in der Lage waren lange zu überlegen sagten wir zu.

Dann kam ich in die oben genannte Klinik und meine Frau zog hochschwanger mit Sack und Pack von der Findelstraße in unser neues Haus. Ich ziehe heute noch meinen Hut für diese Leistung.

Unsere alte Wohnung Findelstraße war top in Ordnung und Fam. S. zog ohne groß zu renovieren am 01.06.04 in meine alte Wohnung ein. Ab diesen Zeitpunkt, als ich selber nicht mehr in diesem Haus anwesend war beginnt die eigentliche Geschichte..

Kapitel 9

Nachdem ich aus der Klinik entlassen wurde ging es mir viel besser und ich konnte bald wieder arbeiten. Nun war es endlich so wie es geplant war. Ein neues Haus, zwei Mieteinnahmen ein vernünftiger Verdienst, eine neue Ehefrau und die Geburt meines Sohnes...

Zwischendurch habe ich immer mal nach dem Rechten gesehen. Nach einigen Wochen tat sich bei T. immer noch nichts. Die Frau war immer noch nicht da und von fertiger Renovierung war nichts zu erkennen. Nicht mal Gardinen waren an den Fenster. Als ich eines Abends wegen einem Stromausfall in beide Wohnungen musste erlebte ich den Schock meines Lebens. Bei T. standen außer leere Bierkisten und einem Kühlschrank nichts in der Wohnung. Ich stutzte und nahm mir vor ihn so schnell wie möglich darauf anzusprechen. Offensichtlich gab es dort ein Problem. Als ich durch die Eingangstür der Fam. S. ging erkannte ich meine alte Wohnung nicht mehr....Die Türrahmen und Wände waren komplett angepinselt. Das Laminat und der Teppich waren mit Holzspänen, wie man es aus Käfigen kennt, übersät. Überall lag Essen und Wäsche herum und mittendrinn hausten die Kinder. Frau S. war nicht da. Toilette und Dusche waren mit Fäkalien versaut. In meinen gut 20 Jahren Kundendienst wo ich in hunderten von Wohnungen war habe ich so etwas noch nicht erlebt. Ratten und Meerschweine waren deren Haustiere. Im Keller sah es ähnlich aus, und das nach zwei oder max. drei Monaten. Mein liebevoll angelegter und immer gepflegter Garten war absolut ungepflegt. Schlagartig sah ich Probleme auf mich zukommen. Ich wusste nicht so richtig wie ich zu reagieren habe. So etwas kannte ich nicht. Abmahnung, oder gleich kündigen. Ich entschloss mich erst einmal mit T. zu reden.

Am nächsten Tag traf ich den Herrn an. Völlig verpennt machte er mir nachmittags die Tür auf. Nach kurzem Hin und Her erzählte er mir, dass seine Frau vor einigen Tagen da war und völlig aufgelöst wieder abgereist wäre. Sie war anscheinend entsetzt, dass er in den Monaten so gut wie keinen Handschlag in der Wohnung gemacht hat. Durch seine langen, verschiedenen Schichten in einem Bowlingcenter hätte er aber auch keine Zeit etwas zu machen....Außerdem würde Fam. S. aus dem OG mächtig stören. Die Frau wäre nie zu Hause und die Kinder machten tags wie nachts was sie wollten. Zum Beispiel morgens um fünf Rollschuhe fahren auf dem Laminat. Ich habe ihm gesagt, dass ich mich darum kümmern werde und ihn aber auch gleichzeitig auf den Mietvertrag verwiesen. Dort habe ich seinerzeit extra verankern lassen, dass Keller und Garten von beiden Parteien gepflegt werden muss. So haben die Parteien es akzeptiert und unterschrieben. Ich habe dann eine Frist von einer Woche gesetzt um dann zu kontrollieren.

Dann dauerte es zwei Tage bis ich endlich Frau S. antraf. Dort wurde ich schon etwas energischer. Drei Tage gab ich ihr um den Dreckstall zu beseitigen und alle weiteren Aufgaben, was das Grundstück betrifft, endlich anzugehen einschließlich Einhaltung der Hausordnung.

Ab dieser Zeit fing es an das ich neben meinem Beruf ausschließlich an dieses Haus denken musste. Ich bekam eine innere Unruhe, eine Mischung von Hilflosigkeit und Wut, die bis heute anhält und immer schlimmer wurde. Was mache ich wenn dieses Haus zur Ruine wird? Wenn keine Miete mehr kommt, wie zahle ich meine Kredite? Wie kann ich denen drohen? Was habe ich für Rechte. Ich kann doch nicht jeden Tag dort hin fahren und aufpassen. Aber, ich habe ja jetzt gemeckert und das wird schon laufen.......

Kapitel 10

Nach einigen Tagen machte ich mich auf zum Kontrollgang. Frau T. war wieder da und die Wohnung nahm endlich gestallt an. Das Grundstück sah aber immer noch aus wie nach einem Bombenangriff. Und bei S. war es nicht mehr zu 100% versaut sondern nur noch zu 95%. Als mir S. und ihre Kinder versicherten, dass dieser Zustand für die sauber und in Ordnung ist stieg mein Blutdruck. Allen Ernstes kamen die Kinder auf mich zu und meinten ganz Stolz wie toll sie aufgeräumt hätten. Das meinten die Ernst, ich war entsetzt....

Zu Hause setzte ich mich hin und schrieb beiden Parteien eine Abmahnung. Bei T. wegen dem Außenbereich und Keller, bei S. wegen Allem. Ich listete alle Mängel auf und setzte eine Frist, bevor ich diese Punkte selber abarbeite und in Rechnung stelle..... es passierte gar nichts, außer das auch keine Miete mehr überwiesen wurde. Nebenbei hörte ich von Bekannten das T. sich brüstet und über mich lustig macht. Ich würde gar nicht wissen welche Rechte Mieter haben und mit meinen Fristen und Abmahnungen sollte ich mir doch den A...abputzen.

Es passiert gar nichts. Wegen einer defekten Duschabtrennung musste ich noch mal in die Wohnung S. und es sah genauso katastrophal aus.

Ich bin eigentlich zur Ehrlichkeit und Ordnung erzogen. Mit Polizei, Anwälten oder gar Gericht hatte ich nichts zu tun. Mein Rechtempfinden sagt, einen Anwalt einzuschalten, ist der letzte Schritt wenn gar nichts mehr geht. Denn der Anwalt vertritt ja das Recht. Der Gute gewinnt, der Böse verliert. Mir war es nun egal, ob und was diese Leute verlieren. Ich habe gesehen, dass mein Eigentum bergab geht. Ich traf mich zum ersten Mal mit einem Anwalt....der wird die Sache schon schnellstens Richten....

Nebenbei brach mein altes Rückenproblem wieder aus. Es sollte sich als größeres Problem herausstellen. Dazu später mehr.

Kapitel 11

Im Grunde fehlte nur eine Monatsmiete aber ich merkte wie mir die Sache aus der Hand glitt. Deshalb sah ich dieses Treffen mit dem Anwalt als vorbeugende Maßnahme. Ich merkte aber schnell wie gleichgültig und „normal" diese Geschichte dem Anwalt war. Er notierte sich kurz ein paar

Eckdaten und fragte mich nach meiner Miet-Rechtschutzversicherung. Ich hatte eine normale Rechtschutzversicherung aber keine für ein Mietobjekt. Darum muss ich mich schnellstens kümmern dachte ich. Im Moment war mir das aber egal, er sollte den zwei Parteien mal einen gepfefferten Brief schreiben und zu Recht stutzen. Mit einer inneren Zufriedenheit fuhr ich heim.

Abends traf ich mich mit meinem Versicherungsagenten. Eine Mieterrechtschutzversicherung muss her. Ich fiel in den Rücken. Diese Versicherung wurde damals noch errechnet anhand der zu vermieteten m². Es kam ein hoher vierstelliger Betrag heraus. Den konnte ich mir im Moment wahrlich nicht leisten. Ich war immer noch guter Dinge das der Anwalt mit seinem Schreiben allerhand bewegen kann. Und warum soll ich so viel Geld für eine Versicherung ausgeben, die erst ein halbes Jahr später in Kraft setzt und bis dahin ja sowieso alles geklärt ist......

Die Briefe vom Anwalt kamen, nichts passierte. Schon da merkte ich das Anwaltsbriefe scheißegal sind. Man reagiert einfach nicht darauf oder mal legt Wiederspruch ein....im wilden Westen wurde das anders geregelt..... Ich wiederum bekam böse Briefe von T. . Der Zustand im Haus wäre katastrophal, die Wohnqualität gleich null. S. und ihre Kinder sind schlimmer als die Pest. Von S. kamen Entschuldigungsschreiben. Sie könne nicht bezahlen und sie weiß nicht wie sie es schaffen soll....nur wie ich das schaffen soll interessiert keinen....ich bin ja auch Rockefeller.

Mein Anwalt machte mir klar, dass die einzige und beste Lösung sei diese Parteien ausziehen...zu mindestens S.. Aber wie? Ich dachte nur was soll das denn. Der muss doch wohl in der Lage sein, denen mein Recht klar zu machen und mein Geld zu besorgen...Am gleichen Tag zeigte sich der Vermietergott. S. reichte mir unter Tränen!! die Kündigung rein. Ich war so erleichtert. Ich war lieb und freundlich und meinte sie solle bitte die offenen Kosten noch bezahlen und die Wohnung in einen normalen Zustand herstellen. Sie brauch auch nicht die drei Monate einhalten...bloß raus mit denen. Nach zwei Wochen, nach insgesamt gerade mal sechs Monaten, war die Familie raus.

Als ich damals den Keller renoviert habe wurden für jede Partei eigene Wasseruhren, Stromzähler und Kalliometer installiert. Mir war es wichtig, dass jede Partei separat abgerechnet werden kann. Nun, da S. raus war beauftragte ich eine Abrechnungsfirma alle Daten aufzunehmen. Dieses wird dann von dieser Firma berechnet und S. bekommt eine Schlussrechnung bzw. eine Rückzahlung der geleisteten Nebenkosten.

Ich habe für die Wohnung OG 600€ Kaltmiete und 125€ Nebenkosten veranschlagt. Insgesamt 725€ Monatsmiete. 1450€ waren bei Auszug S. offen. Jetzt kommt der Hammer. Mit der Jahresabrechnung stand eine Nachzahlung von 808,52€ an !!!!! Alleine die Wasseruhren zeigten einen Verbrauch in diesen sechs Monaten an, den ich nicht in zwei Jahren erreicht habe. Wie sich hinterher herausstellte haben die Kinder Wasserhähne einfach laufen lassen. Macht ja auch

Spaß und wenn keiner aufpasst......Ich habe übrigens zwischenzeitig das Jugendamt auf diese Familie aufmerksam gemacht. Sie waren dort bekannt...aber wie Ämter so sind......

Diese Familie S. hat nun 2258,52€ bei mir offen. Mein Mietkonto, wo auch die Kreditzahlungen der Sparkasse für meinen Neubau abgebucht werden ging langsam in die Knie. Ich reichte diese Forderung meinem Anwalt ein. Er solle sich bitte darum kümmern.

Etwa zur gleichen Zeit kündigte auch T. ohne zwei offene Mieten von 1200€ zu zahlen. Heute weiß ich was ich für ein Glück hatte, dass diese Parteien von selber gegangen sind. Bei unserer Rechtssprechung hätten die noch Monate dort hausen können und ich wäre damals schon pleite gegangen. Mein Anwalt konnte noch drei Raten á 500€ von S. raus leiern. Alles andere (insgesamt 1960€) waren verloren. Der Anwalt machte mir klar, dass die Kosten, die mir entstehen würden weit über den Rechtsstreit liegen und stellte alles ein. Ich verstand das nicht, wieso kommen diese Leute damit durch und ich muss bluten....

Ich brachte mit mehreren Leuten und Schutzanzüge brav das Grundstück und das Wohnhaus wieder auf Vordermann.

Kapitel 12

Zwischenzeitlich wurden meine gesundheitlichen Probleme immer schlimmer. Es wurde zu dem Rückenproblem noch ein

Leistenbruch festgestellt an dem ich operiert werden musste. An Arbeit war nicht zu denken und ich bezog nach einigen Wochen wieder nur Krankengeld. Nach einem Anflug von Beweglichkeit war meine Frau plötzlich wieder schwanger.

Wir hatten nun Zeit uns schnellstmöglich um neue Mieter zu kümmern. Hoffentlich mit mehr Glück....

Kapitel 13

Im Jahr 2005 sollte nun endlich Ruhe einkehren. Ich hatte immer noch meinen Optimismus. Es können ja nicht alles Schweine sein. Wer hat schon ein schuldenfreies Mietshaus und kann damit seinen Neubau finanzieren. Vor 20 Jahre hätten mich alle beneidet.....

Die Vermieter- Situation hatte sich nicht verbessert. Es gab leerstehende Wohnungen genug. Mit Kautionsforderungen hatte man überhaupt keine Chance. Wir haben es wochenlang versucht und das Geld wurde immer knapper. Mittlerweile lebte ich mit meiner Familie von 777€ Krankengeld im Monat. Keine Mieten, Frau hochschwanger und die Bank klingelte regelmäßig an....Wo ist mein ruhiges, sorgloses und normale Leben hin??

Für das OG stellte sich eine Familie D. vor. Frisch verheiratet, ein Kind. Den Vater des Ehemannes kannte ich und wusste, dass sie in Ordnung sind. Wenn man jemanden kennt ist das immer ein Vorteil, dachte ich. Für das EG stellte sich eine

Fam. St. vor. Wieder eine junge Familie aus dem Osten Deutschlands die im goldenen Westen ihr Glück suchten. Beide hatten einen festen Job hier und machten auch einen ordentlichen Eindruck. Als sie sich bei uns vorstellten zogen sie sogar die Schuhe aus. Nach den letzten Schweinen ist mir das natürlich sofort aufgefallen…. Wir mussten uns entscheiden. Die Kasse wartet nicht!!

Gerade einmal vier Tage nachdem Fam. St. eingezogen ist bekam ich per Einschreiben die erste Mängelliste. Acht Punkte waren aufgeführt die ich innerhalb eines Monats zu erledigen habe….Mein Blutdruck schnellte in die Höhe, dachte aber auch daran diese Mängel schnell zu beseitigen. Obwohl, die meisten Punkte hätten neun von zehn Mieter kurz selber beseitigt. So steht es übrigens auch im Mietvertrag. Na ja, ist ja nur zum Vorteil wenn keiner was zu meckern hat. Neben klemmenden Schlösser und gluckerden Heizkörper waren zwei Punkte etwas schwieriger. Das Garagendach, wofür ich gar keine Miete nehme und er sein 15000€ Motorrad abstellte, war minimal!! undicht und im Bad hatte sich an einer Stelle Schimmel gebildet. Da wir den 04.Januar hatten vertröstete ich mündlich Fam. St. wegen dem Dach. Dort musste ich selbstverständlich auf besseres Wetter warten. Es war aber auch wie gesagt nur minimal undicht…

Die Schimmelbildung machte mir mehr Sorgen. Damit hatte ich bis dato nie Probleme. Jetzt kommt wieder Fam. S. ins Spiel…..

Als ich damals die Waschküche renovierte verkleidete ich die Innenwände mit Ständerwerk, Spanplatte, Rigips und Fliesen. Um eine Luftzirkulation zu gewährleisten habe ich oben zwei Lüftungsgitter eingesetzt. Wie sich im Nachhinein herausstellte hatte Frau S. ein Gitter entfernt und den Schlauch ihres Ablufttrockners die kompletten sechs Monate in dieses Loch gehängt. Bei einem fünf Personen Haushalt lief das Ding wahrscheinlich jeden Tag und es sind hunderte von Liter Wasser in die Zwischenwand gelaufen und in das Mauerwerk gezogen. Genau über dieser Wand war die Schimmelbildung im Bad. Ich beseitigte den Schaden, trocknete die Wand und alle Mängel bis auf das Garagendach waren beseitigt. S. konnte ich natürlich deswegen nicht mehr belangen. Ich rechnete die Reparaturkosten im Geiste zu ihren Schulden und malte mir aus welch schönen Urlaub ich von dem Geld hätte machen können..

Die neuen Mieter waren alle sehr freundlich. Meine Laune und meine Hoffnung nun Ruhe zu haben stieg allmählich. Im OG brachte ich, auf Bitte von D. , noch einen Sternentlüfter auf eine Kanalentlüftung an. Es roch zum Teil etwas im Bad und somit war dieses einzige Problem vom OG auch erledigt.

Kapitel 14

Bis zum Ende des Monats. Von D. hatte ich pünktlich die Miete auf dem Konto. Von St. kam ein neues Einschreiben.

Noch bevor die erste Miete gezahlt worden ist, wurde ich auf weitere sogenannte Schäden hingewiesen. In Heizungsnischen bildet sich Schimmel, Raumtemperatur geht nicht höher als 20 Grad. Wasser läuft von außen in die Waschküche. Nach Absprache mit ihrem Anwalt wird die erste!! Miete pauschal erst einmal um 30%!! gekürzt..... Was habe ich nur getan um so bestraft zu werden? Sollte ich tatsächlich wieder in einen Pott Scheiße gepackt haben? Und wie abgebrüht sind die? Solche Geschütze nach nicht mal vier Wochen Wohnzeit... Am liebsten wäre ich sofort hingefahren und hätte die beiden gefragt ob man so eine Abgebrühtheit früher im Osten in der Schule gelernt hat. Ich bekam eine fette Hasskappe, musste aber vernünftig bleiben. Wir waren auf das Geld angewiesen...

Das Wasser, was von außen in die Waschküche lief entstand lediglich bei sehr starken Regen. Und das auch nur weil der Bodenablauf im Kellereingang mit Laub verstopft war. Diesen Fehler hatte ich also in einer Minute behoben und fragte mich nebenbei warum der Mieter vom lieben Gott Hände bekommen hat. Anstatt so etwas auf eine Mängelliste zu schreiben hätte er sich auch kurz bücken können.

Mit den beiden anderen Punkten waren sie bei mir als Installateur- und Heizungsbaumeister an der richtigen Adresse. Nachdem ich mich an meine gute Kinderstube erinnert habe, hielt ich den beiden ruhig und sachlich einen Vortrag über richtiges Heizen und Lüften. Denn allein das war das Problem...Ohne Erfolg!! Sie blieben bei der Meinung so etwas dürfte nicht vorkommen und hielten an ihre Forderungen fest. Wenn Mietzahlung, dann 30% weniger. In meiner Ratlosigkeit wendete ich mich an einen befreundeten Architekten und Gutachter. Wir machten lieb und höflich einen Termin mit St. und er erzählte denen, nachdem er sich alles angeschaut hatte, wörtlich dasselbe was ich vorher getan hatte. Wiederum ohne Erfolg!! Die Miete wurde überwiesen, abzüglich 30%.

Nun blieb mir wieder nur ein Anwalt, aber....ich hatte immer noch keinen Mietrechtschutz. Ich ahnte wie das Enden würde und meine Unruhe und Bauchschmerzen waren wieder da....

Die Planung, meinen Neubau mit den Mieteinnahmen zu finanzieren schien einfach nicht zu klappen. Das Geld von S. war weg, T. hatte ich auch abgeschrieben. Die Kosten, wie Öl tanken, musste ich weiterhin vorstrecken, Reparaturarbeiten fielen an und die Restarbeiten am Neubau kosteten auch weiterhin Geld. Und das alles mit 777€ Krankengeld. Wenigstens zahlte D. ....noch.

Ich ging zu meiner Kasse und erhöhte den Dispo. Noch war Luft in meiner Finanzierung. Geplant war das bestimmt nicht, denn nur für rote Zahlen auf dem Konto hatte ich nicht gebaut. Das sollte schon lange erledigt sein. Ich ließ mich gegen den Rat meiner Ärzte gesund schreiben und hatte nun erst einmal meinen normalen Verdienst wieder.

Kapitel 15

Zurück zu St. . Mein Anwalt setzte einen zwei Seiten langen Brief auf. Er ging auf jeden Punkt der Mängelliste ein. Er schrieb, dass es ja nun unmöglich sei bei Eis und Schnee ein Garagendach neu abzudichten. Auch, das sie akzeptieren müssen wenn ein Gutachter ihnen falsches Wohnverhalten nachweist. Ich hätte absolut richtig gehandelt und es besteht überhaupt kein Grund die Miete zu kürzen. Bitte sofort Restüberweisung und dann pünktliche und komplette Zahlung…. Nebenbei, um etwas Druck zu machen, ließ ich Fam. St. darauf hinweisen das die Hundehütte im Garten, und vor allem die SAT. – Schüssel an der Garagenwand ja wohl nicht zulässig ist. Für solche Sachen Bedarf es ausdrücklich meine Genehmigung.

Au ha, der Anwalt ging also nicht nur auf die fehlenden 30% ein, sondern stellte erstmals selber Forderungen und Anweisungen in meinem Namen….und das ohne Rechtschutzversicherung….

Jetzt kam zum ersten Mal ein kleines Erfolgserlebnis. Ich bekam zwei Tage später eine SMS von St. . Sie würden sich gerne mit mir treffen und über alles reden. Über Anwälte alles zu klären macht doch keinen Sinn. Ich fuhr also hin. Sie waren überraschend einsichtig. Heiz- und Lüftungsverhalten wird geändert. Ich versprach noch einmal das Dach schnellstmöglich zu reparieren und am nächsten Tag sollten die restlichen Euros auf meinem Konto sein. Wir hatten uns wieder lieb….Was so ein Anwaltsbrief doch ausmacht, dachte ich.

Es verging eine Woche, es kam kein Geld sondern....ein Brief von deren Anwalt!!! Diese abgebrühten Typen haben das persönliche Gespräch vor einer Woche genutzt um die Tatsachen zu verdrehen und gegen mich einzusetzen. Natürlich hatte ich in diesem Gespräch verlauten lassen, dass ich im Prinzip gegen eine Hundehütte oder Schüssel nichts habe. Mir ist wichtig: Ordnung und pünktliche Zahlung. In dem Brief heißt es nun, Hütte und Schüssel vom Vermieter genehmigt und braucht nicht entfernt zu werden. Das war aber nur das kleinere Übel. Beide Personen St. befinden sich in ärztlicher Behandlung und verlangen Schmerzensgeld wegen Schimmelbildung!!! Und, das altbekannte Garagendach wäre nicht minimal undicht sondern es schüttet dort durch das Dach wie bei den Niagarafällen. Außerdem tauchten in dem Brief wieder die angeblichen Mängel auf, die am Anfang schon von mir beseitigt wurden. Alles erstunken und erlogen. Es war Ende des Monats und die Miete wurde überwiesen. Abzüglich 50%!!! Ich begann ganz langsam Mieter und das Haus zu hassen.....

Kapitel 16

Zwischenzeitlich traf ich in unserem Lebensmittelmarkt Frau D. . Wir unterhielten uns ein wenig und ich fragte ob alles in Ordnung sei und ob der Geruch im Bad völlig verschwunden ist. Alles wäre bestens und auf meine Frage wie sie denn mit St. klarkommen würden sagte sie, dass man von denen ja nichts hören würde. Er wäre ja Arbeitslos und den ganzen Tag am

Pennen und jetzt im Winter trifft man sich ja nicht mal im Garten.

Er ist Arbeitslos!! Das erklärt vieles.

Wenigstens giften die sich nicht wieder untereinander an, wie T. und S. .

Kapitel 17

Den Stand der Dinge und die neue Erkenntnis, dass St. arbeitslos ist schrieb ich meinem Anwalt per Mail. Am nächsten Tag bekam ich Antwort per Post.

In kurzen Worten: Ohne Rechtschutz keine Chance!!! Ich brach zusammen.

Mit Rechtschutz hätte er ohne weitere Ankündigung das gerichtliche Beweissicherungsverfahren eingeleitet. Ein von Gericht beauftragter Sachverständiger hätte die Wohnung und angebliche Mängel begutachtet. Kosten ohne Rechtschutz für mich ca. 2000€, die ich auch bezahlen muss. Wird zu 100% nachgewiesen, dass die Mieter Schuld haben kann ich das Geld zurück verlangen. Ob ich es aber bekomme, ist eine andere Frage. Ein privat beauftragter Sachverständiger wird von Gericht nicht anerkannt. Desweiteren macht es wenig Sinn die Mietminderungskosten einzuklagen, da es wegen dem geringen Streitwert höchstens zu einem Vergleich kommt.....

Was, was, was, geringer Streitwert? Das ist mein Geld, was hier Monat für Monat flöten ist...Gericht erkennt keinen Sachverständigen an? Und jetzt? Was sind das für Gesetze? Ich bin doch im Recht!! Soll ich jetzt das Geld abschreiben und jeden Monat 50% Abzüge akzeptieren? Ich fing an die deutsche Rechtssprechung anzuzweifeln und fühlte mich echt hilflos.....Einzige Lösung die mir einfiel war, dass die Familie St. schnell wieder auszieht. Aber so ein Glück im Unglück wie bei S. und T. werde ich wohl nicht haben.

Kapitel 18

Beruflich hatte ich oftmals mit einer Firma zu tun die Lecksuchung, Feuchtigkeitsmessung und auch Gutachten für Wohnungen b.z.w. Wohnhäuser erstellt. Ich wusste, dass es im Grunde umsonst ist. Aber als letzten Strohhalm sah ich diesen Gutachter. Er sollte als neutrale Person ein Gutachten erstellen um St. endlich ihr Unrecht zu beweisen. St. sollte natürlich nicht wissen, dass ich anwaltsmäßig am Ende war. So ein Gutachter mit hochempfindlichen Geräten machte daher schon etwas Eindruck. Es wurde ein Termin vereinbart.

An diesem Tag kam der Gutachter etwa zwei Stunden früher als verabredet. Ich konnte St. nicht erreichen und so fuhren wir auf gut Glück zum Haus. Es war, glaube ich, 13 Uhr als die beiden völlig verpennt in Bademäntel die Haustür öffneten. Was wir dann erlebten kann man kaum beschreiben. Widerwillig ließen sie uns in die Wohnung. Die

Außentemperatur betrug an diesem Tag 8 Grad Minus. In der Wohnung war es fast genauso kalt. Der Gutachter meinte, noch bevor er seine Koffer abstellte, das das Problem ja jetzt schon offensichtlich ist und er im Prinzip gar nicht mit der Arbeit beginnen bräuchte. Er tat es trotzdem. In Küche, Flur, Wohnzimmer und Kinderzimmer war die Innentemperatur um die 10 Grad. Als wir in das Schlafzimmer mussten fielen wir fast um. In diesem Zimmer waren um die 28 Grad. Es stank nach Schweiß und es war eine Luftfeuchtigkeit in diesem Zimmer wie im thailändischen Dschungel. Als der Gutachter die beiden fragte ob das immer so wäre, antwortete sie allen Ernstes mit ja. Sie könne sonst nicht schlafen. Ich meine, wenn die da jetzt eine Orgie gefeiert hätten und sich vier, fünf Stunden abgekämpft hätten würde man das noch verstehen aber anscheinend ist das normal für diese Familie. Als der Gutachter zu guter letzt noch das Bett an die Seite rückte und die Matratze hochhob stand unter der Matratze eine richtige Pfütze. Nachdem mein erster Brechreiz überwunden war konnte ich mir nicht verkneifen die beiden zu fragen ob sie Bettnässer sind.....Ich hatte den Gutachter von dieser Familie im Vorfeld erzählt, von der Schimmelproblematik und das St. sich völlig im Recht fühlt. Nun wurde er etwas lauter und machte denen unmissverständlich klar, dass er so etwas noch nicht gesehen hat und das sie sich über Schimmel und gesundheitliche Probleme nicht zu wundern haben. Selbst die Innenwände waren vier Grad unter Norm. Die Heizkörper müssen natürlich sehr viel länger heizen um einen Raum auf Temperatur zu bringen. Und nicht, wie seinerzeit auch ein Mängelpunkt, die Heizkörper sind zu klein ausgelegt....

Zum Schluss gingen wir noch in die untergelegenen Räume, sprich in den Keller. Die Kellertür von Waschküche nach draußen stand offen. Meine neue Waschküche war ein Eisklumpen. Siphon und Unterputzspülkasten waren eingefroren. Auf den Fliesen war eine Eisschicht. Die Tür musste schon seit Tagen bei diesen Minustemperaturen aufgestanden haben. Ein Wunder das noch nichts kaputt war.... Damit war alles klar. Ich ließ ein Gutachten anfertigen, was sich gewaschen hatte. Für knapp 600€!!

Kapitel 19

Das Gutachten dauerte natürlich etwas und als das Wetter besser wurde ließ ich das Garagendach reparieren. Zwar widerwillig, aber es war ja immer noch mein Eigentum. Nun war wirklich alles erledigt und bewiesen. Das Gutachten kam und die Miete kam auch. Minus 30%

Vielleicht sagt jetzt der ein oder andere. Man, lässt du dich verarschen, geh rein und hau die um oder lass die Wohnung leer räumen...... Ich bin aber nicht so, vielmehr ich war nicht so. Ich habe immer noch an mein Recht geglaubt. Das sich mein Leben fast ausschließlich nur noch um diese Penner drehte, verdrängte ich irgendwie.

Meine Frau stand kurz vor der Entbindung und ich wollte weg von den roten Zahlen. Also Termin Kasse und denen das ganze Problem erklärt. Ich nahm einen weiteren Kredit und glich meine Konten aus. Nun hatte ich wieder mehr Schulden. Anstatt Schulden abzubauen wurden es mehr....Nur weil ich jeden Cent der übrig war in das Mietshaus stecken musste. Beziehungsweise deren ihr Leben davon finanzierten musste. Es musste was passieren. Ich hatte keinen Anwalt mehr, keine Unterstützung. Wie auch immer die ausgesehen hätte? Langsam hatte ich das Bedürfnis mein Verhalten zu ändern und so zu handeln wie es *mein* Rechtsempfinden zulässt.

Ich setzte mich hin und schrieb in großen Buchstaben zwei große Zettel. Alle angeblichen Mängel links, alle erledigte Mängel rechts. Das Gutachten für falsches Wohnverhalten, die Rechnung für das Gutachten und die Rechnung für das reparierte Garagendach (damit St. sah wie teuer diese Arbeit war) dabei und eine Frist zur Zahlung notiert. Damit machte ich mich auf zu St. ....mit 200 Blutdruck!!

Ich hatte Glück und traf die Frau an. Sie merkte sofort wie sauer ich war und war überraschend kleinlaut. Wahrscheinlich wäre es anders gekommen wenn er auch zugegen gewesen wäre. Mir war es egal. Ich hätte mich in diesem Moment mit einer ganzen Armee angelegt. Ich hielt ihr die Unterlagen unter die Nase und ging nochmal Punkt für Punkt mit ihr durch. Zum Schluss stand die Zahlungsfrist und ich tat das, was ich noch nie im meinem Leben getan hatte...Ich drohte ihr und ihrem Mann Schläge an. Ist bis zum Fristende kein Geld auf dem Konto jage ich das ganze Dorf auf die beiden.....Mir fiel in meiner Rage nichts Besseres ein. Sie hat mich weinend!! aus der Wohnung geleitet.

Die Frist verstrich und es wurde komplett überwiesen. Ich traute meinen Augen kaum. Anstatt einer Anzeige wegen Bedrohung oder so was Ähnliches wurden alle offene Kosten bezahlt. So einfach ging es....Warum hab ich nicht viel früher auf den Putz gehauen und viele schlaflose Nächte und Nerven gespart? Oder gingen den beiden einfach nur die Argumente aus? Es war mir egal. Die Mieten beider Parteien kamen pünktlich. Für genau vier Monate......

Kapitel 20

Nachdem nun Ruhe eingekehrt war wollte ich nun endlich beginnen wieder ein normales Leben zu führen. Unsere Tochter wurde geboren. Langsam sparte ich wieder etwas Geld an um weitere Arbeiten am Neubau durchführen zu lassen. Ich arbeitete viel, was zur Folge hatte das eines Tages mein Rückenleiden wieder aufbrach. Und zwar schlimmer als je zuvor. Mit Schmerzen und Taubheitsgefühlen in den Beinen rannte ich von Arzt zu Arzt. Ich wurde auf unbestimmte Zeit krankgeschrieben und bekam nach wenigen Wochen wieder meine 777€ Krankengeld. Dies alleine ist schon ein Grund eine neue Geschichte zu schreiben. Wie ist es möglich in Deutschland als selbständiger Handwerker, verheiratet und zwei Kinder mit so ein paar Euros zu unterstützen? Ich bin normal erkrankt und nicht besoffen vor einen Baum gefahren...warum werde ich deswegen bestraft? Also heißt es wieder Ausgabenbremse treten, keine Ausgaben für Bau oder Urlaub oder Schnickschnack sondern nur für den Lebensunterhalt und den beiden Kleinen. Zum Glück zahlten die Mieter ja endlich und anscheinend auch regelmäßig. Im Sommer kam ich dann wieder für fünf Wochen in eine Klinik aus der ich dann weiterhin krank entlassen wurde.

Kapitel 21

Nach dem Krankenhausaufenthalt fuhr ich zum ersten Mal nach Wochen wieder zum Mietshaus. Ich war entsetzt. In den wenigen Wochen hatten sich das Grundstück sowie das Treppenhaus und der komplette Keller in ein Chaos von Müll und Unkraut verwandelt. Im Haus konnte ich niemanden erreichen.

Was mache ich jetzt? Jetzt gibt es wieder Ärger und alles geht von vorne los. Und warum haben Fam. D. es so weit kommen lassen? Mit denen war doch alles in Ordnung. Nach telefonischer Absprache mit meinem Anwalt schrieb ich beiden Parteien eine Abmahnung mit einer Mängelliste meinerseits. Dazu eine Fristsetzung und wusste genau wie das ausgehen wird.

Ich bekam wenige Tage später eine Rückantwort. Diesmal verfasst und unterschrieben von beiden Parteien, was mir zeigte das man sich inzwischen doch mal über den Weg

gelaufen sein musste. Ich zitiere nun einmal ein paar Punkte
wie diese Personen geantwortet haben:

- Mülltüten bereits beim Einzug vorhanden

- Ungeklärte Besitzverhältnisse beim Müll und
  Bauschutt im Garten

- Explosionsgefahr bei Gasflasche im Nebenhaus, da
  Alter unbekannt

- Toilette im OG stinkt und ist nicht benutzbar….!!! Fam.
  D. schläft seit Monaten im Wohnzimmer da es vor
  Gestank nicht auszuhalten sei !!!!

- Schimmelpilze in Dusche

- Ameisen im Sommer und Unkraut im Garten !!

- Alle Fenster undicht, Pfützen bilden sich bei Regen in
  den Zimmern

Zu guter Letzt wurde ich dann gefragt warum ich das nicht
selber erledige, sie hätten kein Problem mit dem Zustand des
Grundstückes und außerdem mit welchem Recht würde ich
denn überhaupt das (mein) Grundstück und das   (mein)
Haus betreten!!!!!!

Das war zu viel, meine Nerven lagen schlagartig wieder blank.
Ich schrieb wieder beide Parteien an. Ich bezeichnete diese
Personen als Dreckschweine und D. als Lügner. Hatte sie mir
doch bestätigt, dass alles, auch der Geruch im Bad, erledigt

sei. Nun war es offensichtlich, dass die beiden Parteien sich zusammen getan haben. Das komplette Haus war wieder gegen mich..... Ich legte zu diesen Briefen einen von mir ausgearbeiteten Reinigungsplan für Haus und Garten, auf dem beide Parteien nach Erledigung der Arbeit abwechselnd zu unterschreiben hatten. Außerdem erhöhte ich die Nebenkosten, da ich ab sofort einen Hausmeister auf Stundenbasis einstellen musste, der alles an Arbeit zu erledigen hatte wozu diese Personen anscheinend nicht in der Lage zu waren.

Zwei Tage später hatte ich von beiden Parteien Antwort. D. ließ sich nicht als Lügner bezeichnen und einen Hausmeister bezahlen komme nicht in Frage. Kündigung, in drei Monaten ist die Wohnung OG frei!!

St. wollte erst wieder mit einer Gegenliste und einer Auflistung ihrer Rechte kommen. Ich reagierte nicht mehr darauf. Zwei Wochen später hatte ich auch von denen die Kündigung, in drei Monaten ist die Wohnung EG frei!!

Wie ich hinterher erfahren hatte, fand er einfach keine Arbeit. Sie stand wohl auch kurz vor dem Rauswurf bei ihrem Arbeitgeber. Jetzt hatten sie sich entschlossen zurück in den Osten zu gehen. Ich hätte denen sogar noch beim Packen geholfen, damit die schneller weg sind.....Ja, ja...der goldene Westen....

D. zahlte in diesen drei Monaten normal die Miete, machte aber weiterhin keinen Handschlag auf dem Grundstück. Sie würdigen mir bis heute keinen Blick mehr und sind tief beleidigt. Mir ist das so Scheißegal.......Anhand der Jahresabrechnung, die ich später erhielt, hätte Fam. D. mir ca. 230€ nachzahlen müssen. Ich schickte diese Abrechnung zu der neuen Adresse und habe bis heute keinen Cent erhalten. Ich hatte ja gelernt: Für 230€ Streitwert hebt ein Anwalt oder ein Richter in Deutschland nicht mal den Telefonhörer ab. Ohne Rechtschutz kann ich die Mücken getrost abschreiben. Ich habe es ja auch so dicke.....Aber wehe, man steht mal im Halteverbot.....Abzocke!!!

Bei St. ging es zwei Monate gut. Die Miete kam und ich fieberte deren ihr Auszug entgegen. Im letzten Monat bekam ich einen Anruf. Aquarium undicht, Wohnzimmer unter Wasser. Ich meinte, sie sollen ein paar Lappen nehmen und das Wasser aufnehmen. Nein, geht nicht, leider entstand der Schaden wohl vor einer Woche, in der Zeit wo die im Urlaub waren. Das Wohnzimmer steht unter Wasser...und zwar unter dem Parkett!!! Nein, jetzt muss ich da auch noch hin.

Mit einem bekannten Parkettbauer fuhr ich zu St.. Es war nichts mehr zu retten. Parkett muss raus. Alles muss trockengelegt werden, danach kann erst ein neuer Boden verlegt werden.

Um es kurz zu machen. St. weigerte sich wochenlang dieses Schaden zu bezahlen. Es wäre mein Haus und ich wäre doch versichert. Irgendwann zahlte deren Versicherung nur einen Teilbetrag und ich legte mich zusätzlich auch noch mit dieser Versicherung an. Hunderte von Telefonate und Briefe und

Mails. Ein Schaden, von denen verursacht, soll ich bezahlen.
Was ist das für eine Haftpflicht, b.z.w. Hausratversicherung.
Wahrscheinlich auch aus dem Osten..... St. war schon seit
Monaten ausgezogen bis ich endlich mit der Versicherung einig
war. In dieser Zeit war ich wieder mit über 2000€ in Vorkasse
gegangen. Die Konten wurden wieder rot....

Kapitel 22

Das Haus war wieder leer. Meine Konten waren auch wieder
leer. Mein Glauben an die Ehrlichkeit und Ordnung der
Menschen war weg. Immer mehr kam der Gedanke das Objekt
zu verkaufen. Der Verlust wäre enorm, da die
Immobilienpreise völlig im Keller sind, aber so geht es ja noch
weniger. Durch meine Krankheit kann ich diese Mietverluste
nicht ausgleichen. Und ich merkte wie ich mich langsam
veränderte. Dieses Haus nahm einen festen Platz in meinem
Kopf ein und es war für sehr, sehr viele andere Dinge kein
Platz mehr. Dazu die Krankheit und das Ungewisse. Ich wurde
richtig komisch....war nicht mehr der, den meine Frau
kennengelernt hat. Launisch, nervös, immer müde, alles
nervte.....Aber, es ist das Elternhaus meiner Mutter. Ich kann
doch nicht einfach so verkaufen....Und, wenn sich alles nun
doch zum Guten dreht, dann haben wir und unsere Kinder
später noch ein Haus und Mieteinnahmen und mehr
Rente.....und, und, und. Ich sprach mit meiner Familie und wir
kamen zu dem Entschluss parallel Mieter zu suchen und das
Haus am Markt anbieten. Für eins von Beiden entscheiden wir

uns wenn es soweit ist. Na toll, es muss aber schnell soweit sein....ich hatte jetzt nur noch 777€. Für meine Kinder und Frau, für die Kasse und für mich und...Für mich? Ich fing an billige gepresste Kamelkacke zu rauchen nur um da auch zu sparen. Es war nichts mehr drin, keine Geschenke, kein Essen gehen, keine Ausgaben außer der Reihe. Aber ich hatte ja Immobilien von ein paar hundert tausend Euro, toll!!!!! Hauptsache meine Familie steht weiter zu mir....

Kapitel 23

Nun passiert etwas was ich für sehr wichtig halte. Mein erster Mieter, der jetzige Ehemann meiner Ex-Frau, hatte inzwischen eine eigene Versicherungsagentur. Er kannte unsere Probleme auch und stand eines Abends mit einer erfreulichen Neuigkeit vor unserer Tür. Die Beiträge für eine Mieterrechtschutzversicherung sind geändert worden. Es geht nicht mehr nach m², sondern nach Personen. Ein Geschenk des Himmels, dachte ich. 480€ im Jahr ist die Sache bestimmt wert. Lehrgeld hatte ich ja nun genug bezahlt. Ich war immer noch im Glauben das so eine Versicherung ja den Anwalt bezahlt. Und wird ein Anwalt vernünftig entlohnt boxt er meine Rechte schon durch. Ich unterschrieb sofort und dachte kurz daran wie alles gekommen wäre wenn ich schon immer so eine Versicherung gehabt hätte. Sechs Monate nach Unterschrift könnte ich sie nutzen. Da ich noch nicht mal Mieter hatte, werde ich dieses halbe Jahr wohl ohne Anwalt auskommen......

Kapitel 24

Drei Monate tat sich gar nichts. Potentielle Mieter waren kaum da, und ein Haus kaufen wollte niemand. Ich musste zur Kasse um die Finanzierung auszureizen. Der Kredit wurde wiederum erhöht. Nun war der Neubau komplett belastet. Geht jetzt noch was in die Hose muss ich das Mietshaus belasten. Es ist zwar immer noch eine kleine Sicherheit aber soweit durfte es einfach nicht kommen!!

Da ich definitiv im Handwerk nicht mehr arbeiten durfte und unsere Firma zu klein ist um den ganzen Tag im Büro zu sitzen, fing ich an Bewerbungen zu schreiben. Mein Bruder, meine Tante und Oma, meine Eltern hatten mich unterstützt wo es nur ging. Ich wollte jetzt endlich wieder Geld verdienen und keinen mehr mit meinen Problemen belasten.

Ich bekam einen Job im Außendienst Bereich Chemie, auf Provisionsbasis, Verdienst ca. die Hälfte von früher aber gute Aufstiegschancen und mehr als Krankengeld. Es ging zumindest beruflich etwas bergauf.

Aufgrund einer Zeitungsannonce standen eines Samstags zwei Familien vor meiner Tür. Frau und Herr W. für das EG. Frau und Herr Z. mit zwei Kinder für das OG. Eine komplette Familie, die getrennt von einander das Haus mieten möchte. Ich schlug innerlich Purzelbäume….Was nun? Erst Erkundigungen über diese Familien einholen oder zuschlagen? Herr W. war anscheinend der Chef dieser Leute. Alle, bis auf

Frau Z. waren berufstätig. Sie könnten sofort einziehen und würden dann endlich als Verwandtschaft unter einem Dach leben. Meine Frau hatte Bedenken. Gerade Z. macht nicht gerade einen intelligenten Eindruck. Du holst dir die nächste Pest in das Haus..... Nein, meinte ich, das klappt diesmal. Auch wir müssen mal Glück haben. Zweieinhalb Jahre gelitten...das reicht. Und die Kasse wartet auf Geld....Ich ließ mich nicht beirren und machte den Fehler meines Lebens....Kurz darauf zogen beide Parteien ein.

Kapitel 25

Meine Frau sollte erst einmal nicht Recht bekommen. Das Grundstück wurde von denen auf Vordermann gebracht. Sogar Tannen wurden gestutzt. Kleinere Reparaturen wurden von W. erledigt. Das Gartenhaus gestrichen..... Ich war begeistert. Mit ihrer freundlichen und hilfsbereiten Art schaffte es Fam. W. relativ schnell mich um den Finger zu wickeln. Die erste Miete kam von beiden Parteien überpünktlich. Ich wurde auf ein Bierchen eingeladen oder bin einfach mal auf einen Kaffee dort vorbei gefahren. Natürlich nicht ohne Hintergedanken. Irgendwo musste dort ein Hacken sein, es lief zu perfekt. Aber es war alles ok. Das Haus, das gesamte Grundstück blühte endlich auf. Egal wann ich da war, es war sauber und roch immer frisch. Nach einigen Wochen war ich per Du mit denen und es entwickelte sich eine Art Freundschaft. Schnell bestätigte sich unsere Vermutung das Fam. Z. etwas paddelig war. Aber Herr W. hatte alles im Griff. Er war Chef und gleichzeitig Hausmeister in diesem Haus. Immer mal wieder erwähnte er, dass er selber gerne ein Haus kaufen wolle. Als ich ihm sagte, dass der Gedanke des Verkaufens auch schon mal zur Diskussion stand meinte ich solle ihn auf jeden Fall Infomieren. Von ihm aus könnten wir auch sofort eine Kaufabsichtserklärung von ihm bekommen. Ich bremste dann seine Euphorie. Ich verkaufe nur wenn gar nichts mehr geht.

Ich konnte mich nun voll auf meinen Job konzentrieren. In der Kürze der Zeit hatte ich es geschafft mir einen Namen in der neuen Firma zu machen. Mein Fachwissen und meine Kontakte bei Handwerkern halfen mir dabei und Verkaufen liegt mir anscheinend ganz gut. Nur, bevor ich nicht „befördert" werde liegt mein Verdienst weit unter dem von früher. Jetzt kamen die Mieten, aber es fehlte eine nicht ganz kleine Summe an Lohn. Also, weiter sparen und ackern.....

Kapitel 26

Die zweite Miete kam von Z. wieder überpünktlich. Nebenbei erfuhr ich, dass die gute Frau wieder schwanger ist. Das dritte Kind ist unterwegs. Und, eine jugendliche Tochter aus erster Ehe von Herrn Z. sei vorübergehend bei denen aufgenommen worden. Sie hätte sich von ihrem Freund getrennt und sucht eine Wohnung. Das ging ja nun schon wieder gegen meinen Strich. Kurz überlegte ich mit denen darüber zu reden um klare Linien zu schaffen. Die können ja nicht einfach einen neuen Mitbewohner aufnehmen. Aber ich ließ es, W. versprach mir darauf zu achten und ich wollte nicht wieder einen Grund für Ärger liefern.

W. seine Miete war nicht pünktlich auf dem Konto...auch nach fünf Tagen war kein Geld da. Wären die jetzt meine ersten Mieter hätte ich mir keine Gedanken gemacht. Kann ja passieren. Vielleicht ist der Dauerauftrag, den ich vertraglich bestimmte, noch nicht in Ordnung oder Ähnliches. Nach dem ganzen Ärger den ich schon erlebt hatte bekam ich sofort wieder dieses beklemmende Gefühl in der Magengegend.

Ich rief ihn an. Er fiel aus allen Wolken. Das gäbe es doch gar nicht. Ein Dauerauftrag muss doch laufen. Sofort nach Feierabend würde er sich darum kümmern. Ich war beruhigt und erst einmal froh, dass die Miete ja nun anscheinend nicht bewusst von ihm zurückgehalten wurde. Zwei Tage später war das Geld da. Er rief mich an. Seine Sparkasse hatte einen Fehler gemacht. Ein Zahlendreher in meiner Kontonummer. Ab jetzt ist aber alles geregelt. Na also, geht doch....

Tage später bestellte er mich zu sich hin. Er müsse mir was zeigen. Auf dem Hof stand ein mächtiger Ami Schlitten. Ziemlich renovierungsbedürftig aber schon ein Hingucker. Er sagte mir, dass dies ein Traum von ihm wäre. Da er sich mit Autos sehr gut auskennt wolle er diesen Schlitten renovieren und dann verkaufen. In den nächsten Tagen habe ich ihn nur daran Schrauben gesehen. Er erzählte mir was die Ersatzteile doch für ein Geld verschlingen würden. Teures Hobby dachte ich bei mir und rief in meine Erinnerung, dass er ja in Schicht arbeitet und die Frau auch berufstätig ist. Geld müssten die beide genug zur Verfügung haben. Nach einigen Tagen stand der Wagen in neuem Glanz mit einem Zettel an der Windschutzscheibe auf dem Hof. Angemeldet, mit einem Oldimerkennzeichen. Auf dem Zettel stand: Zu Verkaufen. Preis 9999€.

Kapitel 27

Aus heiterem Himmel klingelte eines Abends dann mein Telefon. Nichtsahnend und noch gutgelaunt ging ich dran und hatte Frau Z. am anderen Ende. „ Herr Hölters, ich möchte Ihnen nur mitteilen, dass mein Mann ab sofort Kurzarbeit hat und wir leider die Miete nicht mehr zahlen können. Wir brauchen das Geld jetzt selber. Das verstehen Sie doch? Auf Wiederhören."

Ich ließ den Hörer fallen und musste mich setzten. Die kann doch in dem schwangeren Zustand nicht so besoffen sein.....Ich rief W. an. Die waren auch ganz erstaunt und überrascht, wollten aber mit Z. reden und mir berichten. Das Ergebnis ließ meine Halsschlagader wieder anschwellen. Die meinten das wirklich ernst. Am nächsten Tag stand ich dann bei Z. im Wohnzimmer. Fam. Z. sind allesamt abgebrochene Gartenzwerge. Dazu kommt noch die unterbelichtete Art. Ich habe keinerlei Respekt vor diesen Personen und so habe ich laut und bestimmt nach dem Problem dieser Leute gefragt und um Lösungsvorschläge gebeten. Ansonsten würde eine Bombe platzen. Lösungsvorschlag: Wohngeldantrag und Hilfe vom

Sozialamt, was ich alles sofort in die Wege leitete. Ich brauch das Geld, die Miete. Egal von wem. Da noch etwas Zeit bis zum Monatsende war konnte ich nur warten wie es sich entwickelt. Am Anfang des nächsten Monats, am Zahltag kam keine Miete…von beiden Parteien nichts……

Kapitel 28

Nun geht alles kaputt, alles was wir uns aufgebaut haben geht den Bach runter. Meine Frau hatte doch Recht, wie soll ich das der Kasse erklären? Ich drehe durch, das halte ich nicht mehr aus… All diese Gedanken schossen mir durch den Kopf und mein Nervenkostüm bröckelte wieder etwas mehr.

Ein Glück, ich habe doch jetzt eine Rechtschutzversicherung. Die Sache Z. wird mein Anwalt schnellstens regeln können. Die können da doch nicht wohnen und nicht bezahlen….das geht doch nicht. Aber was ist mit W. ? Er hatte das Kassenproblem doch angeblich gelöst im letzten Monat. Ich fuhr wieder zur Findelstraße um Fam. W. zu treffen.

Wie immer waren die zwei saufreundlich. Kaffee, Zigarettchen, Smalltalk. Zu mindestens versuchten sie es. „Wo ist meine Miete?" fragte ich nur und die beiden schauten mich an als wäre ich Elvis in ihrem Chevrolet. Eine schauspielerische Höchstleistung und ich fiel wieder darauf rein…

Ihre Kasse sei Schuld. Sie bekommt es einfach nicht hin. Fam. W. hätte auch von anderen Zahlungsempfängern schon Anrufe bekommen, warum das Geld nicht eingegangen sei. Gleich Morgen würden Sie nun endlich ihre Konten bei dieser Kasse kündigen und ein neues Konto bei der hiesigen Kasse einrichten. incl. Dauerauftrag für die Miete natürlich. Übrigens bei der gleichen Kasse wo ich auch seit über 20 Jahren bin, und die mich weiterhin schön regelmäßig auf mein rotes Konto hinweist. Bei der gleichen Kasse die mich dauernd anruft um mir den Verkauf dieses Hauses schmackhaft zu machen.... Die Miete kam, zehn Tage später als vertraglich festgelegt.

Nun musste ich mich um Z. kümmern. Da ich sie persönlich nicht erwischen konnte rief ich sie abends an. Frau Z. war am anderen Ende und bevor ich überhaupt etwas sagen konnte schrie sie mich durch den Hörer an. Was mir wohl einfallen würde, sie sei schwanger und will nicht gestört werden, sie hätten mir doch gesagt das es von denen kein Geld mehr gibt. Zack, aufgelegt. Ich hatte das Telefon auf laut und meine Frau hörte mit. Sie meinte nur „ Na toll, was hab ich Dir gesagt? Du hast jetzt Rechtschutz. Ab zum Anwalt, sofort morgen."

Nach diesen Äußerungen und Beleidigungen war nun endgültig Schluss. Dieses Telefonat hatte irgendein Hebel bei mir umgelegt. Langsam hatte ich nichts mehr zu verlieren...und doch alles. Das Haus musste jetzt weg. Mit allen Mitteln und Konsequenzen.

Kapitel 29

Ich ließ von meinem Anwalt einen saftigen Brief aufsetzen und sprach mit meinem Immobilienmakler bei der Kasse. Er soll sich nun etwas intensiver um einen Kaufinteressenten kümmern. Dann fuhr ich zu W. . Ich dachte, wenn einer rausbekommen könne was Z. im Schilde führt, dann er. Es folgte ein Gespräch mit Familie W. dessen Ergebnis mein Leben völlig änderte, vielleicht sogar ruiniert. Jetzt, wo ich diese Zeilen schreibe ist das Ende noch offen.

Frau und Herr W. erzählten mir, wieder beim Käffchen, dass sie mittlerweile auch mächtig Probleme mit Fam. Z. hätten. Nichts war wie sie es sich vorgestellt hätten. Die Kinder nervten, alles wäre dreckig und unordentlich und wenn W. sich nicht um alles kümmern würde, wäre das Chaos komplett. Frau Z. wäre der Teufel in Person, und er eine Lusche, der nur macht was sie sagt. „ Am liebsten wäre uns, die würden wieder ausziehen", sagten beide einstimmig. „ Das wäre mir auch am liebsten," erwiderte ich.

Denn, das Haus zu verkaufen wäre bestimmt einfacher, wenn wenigsten eine Wohnung leer wäre. Diesen Satz stellte ich einfach so in den Raum. W. meinte darauf hin, dass sowas für ihn kein Problem sei. Wenn er das in die Hand nimmt zieht Z. ziemlich schnell aus, da könne ich mich drauf verlassen. Und, ich zitiere: „ Wenn die raus sind kaufe ich dieses Haus. Ich habe geerbt!" Sie würden nie wieder weg ziehen wollen. Ein so schönes Grundstück. Das wäre ihr Traum, dieses Haus ihr Eigen zu nennen. Ich solle ihm einen Kaufpreis vorschlagen und am nächsten Tag Bescheid geben.

Kapitel 30

Was für Neuigkeiten, welch eine glückliche Wendung.....Ich fuhr heim und besprach alles mit meiner Familie.

Von der Regierung ist der Energiepass ist in Planung. Die Heizung ist alt, die Fenster sind alt. Es werden in naher Zukunft Kosten auf mich zukommen die ich nie bewältigen kann. Durch Krankheit und , ich nenne sie mal Mietnomaden, obwohl mir ganz andere Bezeichnungen einfallen, habe ich in der ganzen Zeit, seitdem ich aus diesem Haus ausgezogen bin, keine Möglichkeit gehabt einen Cent zurück zu legen. Das verstanden auch meine Eltern und stimmten einem Verkauf zu. Ich einigte mich mit Fam. W. auf eine Summe mit der ich hochzufrieden war. Am nächsten Tag gab er eine Kaufabsichtserklärung bei unserer gemeinsamen Kasse ab. Ich sah endlich Licht am Horizont. Beruflich war es abzusehen wann ich wieder vernünftig Geld verdienen werde und mit dem Geld des Hausverkaufes kann ich natürlich eine Menge Schulden tilgen. Ich ließ mir von der Kasse ausrechnen was ich an Restverbindlichkeiten habe und was monatlich auf mich zu kommt. Ich war begeistert, damit kann ich leben. Endlich kein Stress mehr, keine bekloppten Mieter, endlich wieder mal was Gönnen und ....endlich wieder was für meine Frau und meinen

Kindern tun, denn die litten unter dieser Situation und meinen Launen am meisten. Aber zwei Punkte waren noch offen. Z. war noch nicht raus und W. sein Erbe stand noch an. Bedeutet, er hat schon geerbt nach seiner Aussage, die Auszahlung war aber noch nicht. Ohne Hektik und Stress wollten wir nun uns erst einmal um Z. kümmern.

Es wurde Anfang des nächsten Monats und es kam alles nur keine Miete....von keinen der beiden....

Kapitel 31

Man muss das erlebt haben. Z. ließen sich nicht von ihrer Aussage kein Geld zu zahlen abbringen. Sie reagierten auch nicht auf diverse Anwaltsschreiben incl. einer eingereichten Klage beim Amtsgericht. Als ich Herr Z. zufällig mal antraf, stand er wie ein kleiner Junge vor mir. So eine Situation habe ich zuletzt in meiner Kindheit erlebt, als ein anderer kleiner Junge nicht mit mir spielen wollte. Das geht nicht, ich will heute nicht.....Der sprach mit mir als wäre es selbstverständlich keine Miete mehr zu zahlen. Als wenn er darauf gewartet hätte, dass ich sagte:" Ok, mein Junge ist nicht schlimm. Du kannst dann wieder zahlen wenn es dir Recht ist." Anstatt Z. , schüttelte ich nur meinen Kopf. Was war los in dieser Welt?? Ich fuhr wieder zu meinem Anwalt. Dort bekam ich zum ersten Mal richtig bewusst mit, welche Rechte Mieter haben und wie wenig Rechte Vermieter haben. Ich habe dort den Anfang einer Rechtsbelehrung bekommen die ich zwar verstanden aber bis heute nicht begriffen habe...Und es war nur der Anfang wie sich bald rausstellte.

Mein Anwalt hatte relativ schnell einige Erkundigungen eingezogen. Z. war pleite. Er bekam ein paar Euro Lohn, sie gar nichts, außer Kindergeld. Den Wohngeldantrag, den ich damals extra ausfüllte, haben sie nie eingereicht. Ich fiel aus allen Wolken. Mir schwammen wieder mal die Felle weg und die hielten es nicht mal für nötig sich Hilfe vom Staat zu holen. Dafür gibt es doch Wohngeld....So, lieber Anwalt jetzt zeig was du kannst. Ich habe eine Rechtschutzversicherung und du wirst vernünftig entlohnt für deine Arbeit. Also ran, bevor die Kasse wieder tillt.

„ Die einzige Lösung für dieses Problem sehe ich nur in den ganz schnellen Auszug dieser Partei. Das Geld können sie eh vergessen. Es gilt ausschließlich Schadensbegrenzung," sagte mir der Anwalt. Wie, ich solle das Geld vergessen, das ist doch meins....Was soll das denn? Dann bitte sofort kündigen!!! Herr Hölters, sie können doch als Vermieter nicht einfach so die Mieter kündigen. Mit welchem Grund? Und außerdem haben die Kinder. Wir können versuchen Aufgrund der fehlenden Mietzahlungen eine fristlose Kündigung durchzusetzen. Aber da kann ich ihnen keinen Mut machen. Eine Klage vor Gericht, die ja schon verfasst und eingereicht wurde, ist unter diesen Umständen auch fast Aussichtslos. Mit viel, viel Glück bekommen wir einen Titel und sie bekommen im Monat meinetwegen 6,80€ von denen gezahlt. Ich sank im Stuhl zusammen. Was ist das für ein Mist was der mir da erzählt? Die wohnen in meinem Haus, bezahlen kein

Cent, wohnen auf meine Kosten und ich kann nicht mal was machen. Ich gehe doch auch nicht einkaufen oder in ein Restaurant und haue wieder ab ohne zu zahlen. Und wenn ich es doch machen würde hätte ich Ruck zuck ein Verfahren am Hintern....Und die sollen so einfach damit durchkommen. So etwas konnte ich nicht verstehen....

Eine fristlose Kündigung wurde verfasst und von einem Boten zu Z. gebracht. Eine fristlose Kündigung. Was beinhaltet diese Wortwahl? Fristlos: Ohne Frist, also sofort! Kündigung: Beendigung, Auflösung....Für mich als Normalbürger heißt das, ohne Wenn und Aber muss ein Empfänger eines solchen Schreibens reagieren und weggehen, aufhören oder ähnliches. Wenn ich zwei Mal besoffen zur Arbeit komme, bekomme ich zwei Abmahnungen. Komme ich ein drittes Mal besoffen zur Arbeit bekomme ich eine fristlose Kündigung. Dann ist doch auch für mich Feierabend. Ich kann doch nicht am nächsten Tag wieder zur Arbeit gehen. Auch nicht nüchtern. Da geht gar nichts mehr....Aber warum kann mir mein Anwalt am Anfang unseres Gespräches nur sagen das wir kaum Chancen hätten die raus zu bekommen? Er schreibt eine fristlose Kündigung und sagt gleichzeitig wir hätten kaum Chancen. Was ist das für ein Müll. So etwas verstehe ich nicht und ist gegen mein Rechtsempfinden, aber total....

Auf dem Nachhauseweg stand ich bei uns im Dorf an einer roten Ampel. Ich schaute nach rechts zu dem dort ansässigen griechischen Grillimbiss. Kurz schoss mir durch den Kopf wie lange ich schon nicht mehr dort war und beschloss sobald das Haus verkauft ist gehe ich mit meiner Frau lecker essen. Zu lange hielten wir nun schon die paar Euros zusammen und es nervte, sich nicht mal wieder was gönnen zu können. Bei dem Gedanke schoss mein Blutdruck wieder in die Höhe. Was ist das für eine Rechtsprechung? Und noch bevor der Blutdruck wieder sank und die Ampel auf Grün umschaltete, sah ich ihn…. Z. kam mit zwei, riesigen, vollbeladenen Tüten aus dem Grillimbiss. Ganz kurz hatte ich das Bedürfnis aus dem Auto auszusteigen und ihm die Tüten um die Ohren zu hauen aber die Ampel wurde grün. Egal, ich bekomme mein Recht auch schon so. Wir sind hier in Deutschland und nicht in einem Entwicklungsland.

Kapitel 32

W. seine Miete kam, wie gewöhnlich, ca. eineinhalb Wochen später. Mich hätte zwar interessiert, was er mir diesmal erzählt. Aber ich hatte ja die Kaufabsichtserklärung und so war ich zwar froh, dass etwas Geld kam und kümmerte mich nicht weiter darum. Ich musste Z. raushaben.

Fam. W. war natürlich voll auf meiner Seite. Sie wollten das Haus kaufen, aber natürlich ohne Z. als Mieter. Sie konnten deren Verhalten absolut nicht verstehen und hatten sich vollkommen distanziert von dieser Familie. Mir war das völlig recht. Als ich W. dann erzählte was ich beim Anwalt erlebt hatte reagierte er genau so wie ich. Das so etwas in Deutschland möglich ist, kaum zu glauben. Z. musste schnellstens raus, wenigstens wir waren uns einig.

Ein paar Tage später rief mich W. an um mir mittzuteilen, dass der Öltank fast leer war. 7500 Liter. Früher habe ich den immer ziemlich voll getankt. Da war aber das Öl noch billiger und meine Geldbörse dicker.....Was ist, wenn ich nicht tanke und Z. kalt sitzt? Geht ja nicht, W. würde ja auch kalt sitzen. Ich teilte W. mit, dass ich mich darum kümmern werde, ohne zu wissen wie ich diese Kosten wieder bezahlen soll. Egal, nützt nichts. Das Haus ist ja bald verkauft und ich muss nicht wieder ewig in Vorkasse gehen....um am Ende von dem Geld nichts wiederzusehen. Ich fuhr zum Haus und sah mir selber die Ölstandsanzeige an. Knapp 500 Liter waren noch im Tank und ich hatte selber lange genug in diesem Haus gewohnt um zu wissen, dass es locker noch vier Wochen reichen würde. Nun war ich etwas beruhigter. In vier Wochen kann viel passieren. Vielleicht zahlt Z. ja doch noch und die Kasse ruft nicht wieder an...

Am nächsten Abend um Punkt 20 Uhr klingelt es an meiner Haustür. Ich machte auf und ein Mann stand vor mir. „ Guten Tag, ich suche den Besitzer und Vermieter des Zweifamilien – Hauses Findelstraße." „ Das bin ich. Was ist los?" erwiderte ich. „ Ich bin Gerichtsvollzieher und habe hier eine einstweilige Verfügung. Darf ich reinkommen?" Das hört sich nicht gut an. Was ist denn jetzt los? Hört das denn wirklich nie auf. Warum ist der hier? Ich war doch nur beim Anwalt um an meine Miete zu kommen und ich habe bestimmt nichts Falsches gemacht...Die fristlose Kündigung, ok....aber die ist doch in allen Punkten gerechtfertigt.... Die Sache fängt an mich fertig zu machen. Es kann sich doch nicht alles und jeden

Tag um diese Hütte drehen. Das Haus sollte ein Zubrot, eine Absicherung für das Alter sein. So hat sich das mein Vater doch auch vorgestellt. Und es sollte bestimmt nicht mein Leben bestimmen und am Ende vielleicht zerstören....

Kapitel 33

In bestimmten und förmlichen Sätzen teilte der Gerichtsvollzieher mit, dass ich sofort für eine Beheizung der Obergeschosswohnung zu Sorgen hätte... Ich schaute den Mann an. Mir fehlten die Worte. Was ist los? Wer schickt den? Ich weiß von nichts....Er klärte mich auf.

Z. kam anscheinend gegen 16 Uhr nach Hause und fand eine ausgekühlte Wohnung vor. Sie behaupteten, dass ich die Heizung ausgestellt hätte. Sie bekamen darauf hin, in dieser Kürze der Zeit, eine richterliche Verfügung, dass ich die Anlage sofort wieder in den originalen Zustand herzustellen hätte. Ich fing an innerlich zu beben und es sprudelte nur so aus mir raus." Ich war nicht in diesem Haus, ich habe nichts abgedreht oder verändert. Vielleicht ist es eine Brennerstörung. Diese Personen müssen doch mich als ersten Infomieren wenn irgendwas nicht stimmt. Und wie schaffen es diese Parasiten so schnell an eine richterliche Verfügung zu kommen?" Der Gerichtsvollzieher meinte er könne dazu nichts sagen. Sein Job ist mit der Überbringung dieses Schreibens erledigt. Ich unterschrieb und er verabschiedete sich.

Das kann nur eine Brennerstörung sein, dachte ich. Aber dann hätte W. sich doch auch schon gemeldet….Öl kann noch nicht alle sein, das hatte ich ja vor kurzer Zeit erst kontrolliert. Was mache ich jetzt? Ich hätte hinfahren können um zu schauen aber dann hätte ich mich vergessen. Ich war so aufgebracht über diese Dreistigkeit. Keine Ahnung was passiert wäre wenn die mir Gegenüber gestanden hätten. W. konnte ich telefonisch nicht erreichen. Auch mein Anwalt war nicht zu bekommen. Es war ja auch schon nach 20 Uhr. Ich wurde immer unruhiger. Wie schnell muss ich auf so eine Verfügung reagieren? Was kann mir passieren? Ich erinnerte mich an einen alten Kunden unserer Firma. Einen Richter a.D.

Ich erklärte ihm in kurzen Worten was sich abgespielt hat und er beruhigte mich. Ich solle das Schreiben nehmen und mit einem Vermerk auf das Fax meines Anwaltes senden. Der wisse schon was er zu tun hat und würde am nächsten Tag als ersten einen Widerspruch einlegen. Auf die Frage wie die soll schnell an eine richterliche Verfügung kommen können antwortete er mir das dies nur möglich wäre, wenn die Kläger es 100%ig beweisen können und das auch eidesstattlich mit Unterschrift versichern. Ansonsten ist das Betrug und wird hart bestraft. Er gab mir aber auch den Rat mich am nächsten Tag um diese anscheinende Heizungsstörung zu kümmern. Da Fam. Z. kleine Kinder hat würde ich bei einer mündlichen Anhörung vor Gericht schlechte Karten haben wenn ich nicht reagiere…Ich faxte das Schreiben weg und lag abends wieder lange wach. Diese Schmarotzer beschuldigen mich für etwas was ich nicht getan habe, zahlen keinen Cent Miete, verwohnen mein Haus geben mein Geld aus, belügen jetzt sogar noch Gericht und Richter und ich hätte schlechte Karten....was ist das für eine Scheiße !!!

Kapitel 34

Am nächsten Morgen fuhr ich sofort zur Findelstraße um die vermeintliche Brennerstörung zu beseitigen. Aber es war gar nichts. Die Anlage lief einwandfrei. Alles war so wie immer. Jetzt verstand ich gar nichts mehr. Was bezwecken die damit? Wieso schicken die mir abends um 20 Uhr einen Gerichtsvollzieher wenn es gar nichts zu beanstanden gibt...Herr W. kam in den Keller und fragte was los sei, warum ich mit meinem Kundendienstkoffer dort wäre. Ich erzählte ihm die ganze Geschichte und mitten im Satz sagte er:" Das ist meine Schuld. Ich habe hier was geändert." Nun war ich platt und ließ mich von ihm aufklären.

Herr W. war einfach mal der Meinung die Heizung abzustellen wenn Z. nicht in ihrer Wohnung war. Das hatte er schon öfter gemacht, denn er wusste ja, dass die nicht zahlen, der Öltank bald leer war und ich wieder hätte tanken müssen. Er wollte mich nur unterstützen und helfen. Nur hatte er gestern vergessen die Heizung wieder zeitig anzustellen, das hatte er erst heute morgen gemacht.

Ein Glück, es hat sich aufgeklärt sagte ich meinem Anwalt am Telefon. Er solle doch bitte diese Info weitergeben und die Verfügung einstellen lassen. So einfach wäre das nicht, hörte ich nun wieder. Die Verfügung ist von einem Richter veranlasst worden, nachdem ihm eidesstattlich versichert wurde, dass Z. beweisen kann ich hätte manipuliert. Da sich das ja nun als falsch herausgestellt hat bräuchten wir nur den Zeugen Herr W. um zu belegen, dass Z. eidesstattlich gelogen hat. Dann hätten wir ihn an den Hammelbeinen und könnten vielleicht die fristlose Kündigung durchsetzten und eine Räumungsklage bekommen. So wäre die Familie doch vielleicht schneller aus dem Haus wie er vorher gesagt habe. W. bestätigte darauf hin, dass er als Zeuge jederzeit aussagen würde.

Wenige Tage später erhielt ich von Z. ein Einschreiben per Post. Hiermit kündigen wir die Wohnung und ziehen in acht Wochen aus!! Ich machte innerlich einen Luftsprung. Diese Kündigung hätte ich natürlich anfechten können, denn Kündigungsfrist ist drei Monate, aber je eher raus desto besser. Es bedeutet zwar weitere acht Wochen kein Geld, aber dann sind die weg. Ich hatte mittlerweile sehr wohl verstanden wie schwer es ist Mieter aus dem Haus zu bekommen und nun gehen sie von selber. Und….W. wollte ja das Haus kaufen wenn Z. raus ist. Vielleicht wird ja nun doch endlich mal was Positives passieren.

W. überwies diese Monatsmiete diesmal nur mir zwei Wochen Verspätung. Von Z. kam wie erwartet Nichts. Nach acht Wochen waren diese Parasiten und Schmarotzer ausgezogen und ich bestellte sofort eine Firma die die Nebenkostenabrechnung erfasst und berechnet.

Fam. Z. schuldet mir bis heute 2650€ Miete plus 904,48€ offene Nebenkosten. Die Klage, die erstellt wurde beläuft sich mit allen Unkosten, Zinsen und Verlust da ich die Wohnung nicht so schnell wieder vermietet bekomme auf 6300€!! Seit Mai läuft diese Klage. Wir haben jetzt Oktober und ich habe noch gar nichts gehört. Ist ja auch nur mein Geld das mir jetzt wieder vorne und hinten fehlt. Fam. Z. ist in einen Nachbarort gezogen und wohnt dort immer noch. Wahrscheinlich ist dieser neue Vermieter mittlerweile auch schon bedient....Das unterstelle ich jetzt einfach mal. Auf jeden Fall behalte ich die im Auge und hoffe eines Tages doch noch etwas zurück zu bekommen.

Wenige Tage später stand ein Mann von EON vor meiner Tür und fragte mich ob ich der Vermieter von Z. wäre. Er könne die Familie nicht auf der Findelstraße antreffen und wäre gekommen um den Stromzähler abzubauen. Die haben ihren Strom also auch nicht bezahlt....Ich fuhr mit diesem Mann zum Haus und bewies ihm, dass die Wohnung leer steht. Da über dem Zähler Obergeschoss noch ein Zwischenzähler läuft der den gesamten Kellerstrom abdeckt muss der Strom für das Obergeschoss bestehen bleiben. Ansonsten wäre ja die Heizung auch ohne Saft. Das würde Fam. W. bestimmt nicht gefallen. Ich schloss also mit EON einen neuen Vertrag, für den ich wieder monatlich bezahlen darf, damit Fam. W. weiterhin einen warmen Hintern und warmes Wasser hat.

Ich gab dem EON – Mann noch die neue Adresse von Z. und wäre gerne Mäuschen gewesen um zu erleben, was bei denen darauf hin in der neuen Wohnung los war....

In der Zwischenzeit gab es viele Gespräche mit Fam. W. .
Denn Frau W. machte Probleme. Jetzt, wo Z. raus ist pochte
ich natürlich auf deren ihre Zusage das Haus zu kaufen. Sie
bekam aber anscheinend kalte Füße.

W. wollte das anstehende Erbe für den Hauskauf einsetzen.
Die Restsumme, um die 80000€ müssten sie finanzieren. Sie
hatten geplant im EG wohnen zu bleiben und das OG zu
vermieten. Mit diesen Mieteinnahmen bei den günstigen Zinsen
im Moment, ist eine Finanzierung ohne Probleme möglich. Nur
was ist wenn W. solche Mietparasiten bekommt wie ich??
Diese Angst hatte Frau W. und ich schaffte es einfach nicht
ihr diese Angst zu nehmen. Anscheinend war ich auch nicht
überzeugend genug, im Grunde konnte ich sie ja mehr als
verstehen.

Was mache ich jetzt? Neu vermieten und das nächste Pack
dort einziehen lassen? Nein, ich wollte nie wieder mit Mieter
zu tun haben. W. hat bei der Kasse abgesagt und die
Kaufabsichtserklärung zurückgezogen. Und mir fehlte das
Geld. Ich machte einen Termin bei meiner Kasse und erzählte
die ganze Geschichte.

Durch meinen geringen Verdienst und den fehlenden Mieten
war mein Konto wieder tief in den roten Zahlen. Für die Kasse
war ich jetzt gefundenes Fressen. Jetzt hatten sie mich
endlich soweit wie sie es schon lange haben wollte. Das Haus

muss weg, wir kümmern uns darum. Aber ihre Vorstellung von dem Verkaufspreis muss drastisch gesenkt werden. Der Markt ist tot. Ok meinte ich, kümmert euch darum. Hauptsache ich kann noch mit der Restschuld leben. Wir entschieden die OG – Wohnung erst einmal nicht neu zu vermieten um die Chancen zu erhöhen. Desweiteren wurde Fam. W. ein Brief von der Kasse geschickt, dass sie sich jetzt um den Verkauf intensiv kümmert und auf Verlangen in die Wohnung kommen muss. Außerdem müsste W. damit rechnen, bei neuen Besitzern die Kündigung zu bekommen. Mein Dispo wurde erhöht. Das ging auf einmal ganz einfach. Jetzt, wo definitiv das Haus verkauft wurde.

Es tat sich drei Wochen lang gar nichts. Bis ich eines Morgens im Auto einen Anruf bekam. Ein Freund von mir, der bei der Kasse arbeitet rief an und sagte mir:" Ich habe hier eine Kaufabsichtserklärung. Rate mal von wem???" Ich hatte natürlich keine Ahnung. „ Von Fam. W. !!" Ich fuhr rechts ran und dachte jetzt haben die den neuen, um 20000€ günstigeren Preis, erfahren und schlagen doch zu. Egal, vielleicht geht es jetzt aufwärts.

Kapitel 36

Ich war beruflich für drei Tage in Fulda und konnte demnach nicht persönlich zu W. fahren. Am Telefon wollte ich nun auch nicht erfragen woher der Sinneswandel bei denen kam. Aber ich hatte so meine Theorie…. Der renovierte Oldtimer von denen stand die ganzen Monate über immer noch auf meinem Hof. Mit dem Verkaufsschild, auf dem der Preis von 9999€ stand. Nun könnte es ja sein, dass W. wirklich den neuen Preis des Hauses erfahren hat und vielleicht sogar zusätzlich das Auto verkauft bekommen hat. Das bedeutet auf den Schlag 30000€ weniger für ihre Finanzierung. Die Finanzierung der Restsumme des Kaufpreises könnten die ja dann sogar ohne Mieter aufbringen. Schließlich sind ja beide Personen auch berufstätig.

Als ich wieder zu Hause war stellt ich als erstes fest, dass die Miete W. seit vierzehn Tagen überfällig war. Am gleichen Abend saß ich dann bei der Fam. wieder im Wohnzimmer.

Kapitel 37

Sie stellten eine Flasche Bier auf den Tisch und freuten sich wie kleine Kinder. Auch die Angst von Frau W. war wie weggeblasen. Ich habe mich ein klein wenig gewundert, denn der Chevi stand immer noch mit dem" Zu Verkaufen" Schild auf dem Hof. Hatten die vielleicht zu dem Erbe auch noch im Lotto gewonnen?? Als ich die fehlende Miete ansprach sagte er mir, dass er die Zahlung extra eingestellt hätte. Er müsse noch eine höhere Ausgabe tätigen und das Geld würde dann mit dem Kaufpreis in wenigen Tagen verrechnet. Warum solle er mir jetzt 600€ überweisen, wenn in ein paar Tagen das komplette Geld auf meinem Konto wäre. Er hätte schon mit einem Notar gesprochen, ein Brief an mich mit

Terminvorschlag wäre schon in Arbeit. Auch die Finanzierung bei der Kasse, wie schon gesagt bei meiner Kasse, ist in trockenen Tüchern. Das ganze Thema ist in drei bis vier Wochen vom Tisch!!! Dann kam der Hammer. Von dem neuen Kaufpreis wusste er anscheinend gar nichts. Es stand immer noch der alte Preis im Raum. Von meiner Theorie die ich in Fulda entworfen habe passt also nichts. Egal, innerlich jubelte ich. Drei bis vier Wochen noch, dann ist dieser Albtraum beendet....

Nach dem Treffen fuhr ich sofort zu meiner Kasse und ließ alle Aktivitäten stoppen. W. durfte auf keinen Fall erfahren, dass der Kaufpreis gesunken ist. Außerdem wollte ich mir bestätigen lassen, dass die Finanzierung wirklich steht.

Kapitel 38

Die Kasse nahm sofort alle Infos vom Markt und erläuterte mir, dass die Finanzierung zwar noch nicht steht aber anhand der Angaben von W. mit Erbschaft und Verdienst sollte das kein Problem sein. Zwei Tage später kam per Post ein Vorentwurf von einem Notar. Ich solle mir diesen Vertrag durchlesen und eventuell korrigieren. Termin zur Kaufvertragsunterzeichnung war auf den kommenden Freitag festgesetzt. So schnell hatte ich das nicht erwartet. Super, umso besser.....Zwischenzeitlich rief W. an und teilte mir mit, dass er schon einen Mieter hätte und ob er alles weitere Anleiern solle. „ Sobald Du im Grundbuch stehst, ist das Deine

Sache," sagte ich. Ich teilte ihm aber auch mit das er jetzt noch Nichts regeln sollte. Die wenigen Tage bis zur Übergabe kann sich der Mieter auch gedulden. Ich musste mich wenigstens nicht mehr darum kümmern.....

Kapitel 39

Auch beruflich tat sich Einiges. Nach mach Geschäftsreise nach Fulda wurde mir von der Firmenleitung der Posten des Produktmanagers Bereich Heizung-Sanitär angeboten. Endlich mehr Geld verdienen und weg von der Provisionsschiene. Ich ließ mir ein konkretes Angebot machen. Das Geld war etwas mehr aber dafür hätte ich viel mehr reisen müssen. Ich sollte Schulungen geben in Fulda und neue Produkte einbauen. Für diese Aufgaben fand ich den Mehrverdienst etwas mickrig......Etwa zu gleichen Zeit trat ein renommierter Großhandel im Bereich Heizung-Sanitär an mich heran. Sie suchten für ihren langjährigen Außendienstler, der das Rentenalter erreicht hatte, einen kompetenten Nachfolger. Es stimmte alles und ich fing schon wenige Tage später dort an. Heute sage ich, dass das wie ein Lottogewinn war. Klasse Kollegen, klasse Chef, der in allen Situationen voll hinter mir steht, einen Verdienst der nun endlich wieder so ist wie vor meiner Krankheit. Das Haus ist bald weg, keine dusselige Mieterprobleme mehr, eine vernünftige Entlohnung und einen Job der mir wirklich Spaß macht. Kurzum, ich sah endlich Licht am Horizont und meine Laune stieg nach Monaten erstmalig wieder etwas an.

Der Termin zur Kaufvertragsunterschrift rückte näher. Einen Abend vorher klingelte mein Telefon. Am anderen Ende war Frau W. .

„ Mein Schwiegervater ist plötzlich schwer erkrankt. Er liegt in Berlin im Krankenhaus und mein Mann ist zu ihm gefahren. Den Notartermin müssen wir leider verschieben. Wir melden uns bald." Ok, sagte ich. Ist selbstverständlich....obwohl ich schon wieder ein komisches Gefühl in der Magengegend bekam. Danach hörte ich eine Woche lang gar nichts. Der Senior W. sollte nämlich, nachdem das Haus in deren Besitz übergegangen ist, mit in dieses Objekt einziehen. Vielleicht ist der gestorben und es platzt doch alles......Ich musste zu W. und mir Gewissheit verschaffen.

Frau W. war den Hauseingang am Fegen. Normal wie immer ging ich auf sie zu und fragte freundlich ob alles in Ordnung sei. Sie bejahte es, ohne nach oben zu schauen. Sie fegte einfach weiter. Auch beim weiteren Smalltalk änderte sie ihr Verhalten nicht. Diese kurzangebundene Art von ihr kannte ich überhaupt nicht. Normalerweise hätte ich jetzt schon am Küchentisch gesessen und auf einen Kaffee gewartet. Heute behaupte ich einfach, dass da schon irgendetwas im Busch war!! Am Ende des Gespräches kam ich zu meiner eigentlichen Frage." Ist alles ok mit dem Hauskauf? Denn ich habe inzwischen noch mehr Interessenten (gelogen). Kann ich denen getrost absagen? Wann ist der nächste Notartermin geplant? Dauert das noch länger? Wenn ja, wäre auch mal eine Mietzahlung toll. Ich hab schließlich die Kosten weiterhin zu zahlen, auch wenn ihr kaufen möchtet...ihr habt es noch nicht gekauft." Ich stand ja nun, Aufgrund ihrer Kaufzusage, schon seit zwei Monaten ohne jeglichen Cent gesehen zu haben da...obwohl ich nur einen Monat Zahlungsstopp offiziell zugelassen habe.

Ich könne allen anderen Interessenten absagen. Es ist alles geregelt und es läge nur an ihrem Mann mit seiner blöden Schicht. Er wäre nur am Arbeiten weil so viel zu tun ist. Spätabends kann er nichts mehr regeln.... Ich bat um schnelle Regelung oder um Mietzahlung und verabschiedete mich. Das war übrigens das letzte Mal, das ich jemanden von der Fam. W. persönlich gesprochen habe....

Ich wusste nicht was ich davon halten sollte. Irgendwas war komisch, aber noch bevor ich mir wieder Bauchweh vom Nachdenken holen konnte klingelte am selben Abend noch Herr W. durch." Rainer, am nächsten Samstag um 14 Uhr Notartermin. Passt Dir das?" Natürlich passte mir das und die blöden Gedanken waren wie weggeblasen.....Und das war übrigens das letzte Mal, das ich überhaupt mit jemanden der Fam. W. gesprochen habe.....

Kapitel 41

Am Freitag, vor diesem besagten Samstag, bekam ich wieder im Auto einen Anruf von meiner Kasse. Wenn es meine Zeit zulässt, solle ich schnellstens auf ein Gespräch vorbei kommen. Mir lief es kalt den Rücken runter und kurze Zeit später war ich dort.

Die Erbschaft ist, wie es aussieht, anscheinend geplatzt. Wir bekommen keine Chance ohne diesem Geld eine Finanzierung zu erstellen. Das war ein Hammer, als wenn ich es geahnt hätte. Und nun??? Darum war Frau W. so komisch. Alle meine Hoffnungen fielen schlagartig ins Wasser. Was ist mit morgen? Morgen, am Samstag ist doch das Treffen beim Notar? Wie können die so einen Termin machen wenn das Grundgerüst gar nicht steht?? Angeblich ist das Erbe doch schon ausgezahlt, sogar einen festen Termin hatte Fam. W. mir damals genannt wann das Geld auf deren Konto ist. Und warum sagen die mir nichts davon und lassen mich hier ins Ungewisse rennen. Ich hätte mich doch schon lange um andere Käufer, oder zu mindestens um andere Mieter für das OG gekümmert.....Ich war fertig!!

Die Kasse beruhigte mich ein wenig. Es gibt noch eine kleine Chance. Du behältst zum Beispiel 40000€. Du bleibst im Grundbuch an erster Stelle. W. besorgt irgendwie 15000€ und das Haus geht offiziell in den Besitz von Fam. W. . Den Rest würden wir, wie es im Moment aussieht, finanziert bekommen. Kleiner Haken an der Geschichte...."Herr W. war gerade extra in Berlin bei seiner Verwandtschaft um diese

15000€ Eigenkapital zusammen zu kratzen. Er ist zwar wieder da, hatte aber noch keine Rückmeldung ob das klappt...." Ich bekam lange Ohren, wurde mir doch gesagt er müsse dringend zu seinem kranken Vater nach Berlin und nicht zum Geld sammeln....Ich sagte bei der Kasse davon nichts. Ich wollte sofort zu W. fahren und ihn zur Rede stellen. Wieso haben die mich angelogen? Soll er doch seine Spritschleuder, die seit Monaten auf meinem Hof steht, endlich verkaufen. Dann hat er das fehlende Geld doch schon fast zusammen. Und 40000€ von mir. Das bedeutet doch meine Restschuld ist nach der Übergabe auch wieder um 40000€ höher als geplant. Und im Grundbuch stehe ich auch noch. Ich will doch mit dem Haus nichts mehr zu tun haben.....

Kapitel 42

In den folgenden Tagen versuchte ich mehrere Male täglich jemanden der Familie W. zu treffen oder zu sprechen. Früher schrieb ich schnell eine SMS und hatte kurze Zeit später einen Rückruf. Jetzt konnte ich machen was ich wollte, nichts passierte. An das Telefon ging keiner ran, SMS blieb unbeantwortet und wenn ich hingefahren bin machte mir keiner die Tür auf. Ich war immer noch blind und naiv und hoffte alles würde sich aufklären und mein Traum nicht zerplatzen. Als ich am vierten oder am fünften Tag wieder dort vorbei fuhr, sah ich definitiv jemanden in der Küche. Aber auch da machte mir niemand die Tür auf.

Ich hatte von meinem Anwalt gelernt, dass es immer wichtig war seinem „Gegner" eine detaillierte und datierte Frist zu setzten. Egal um was es geht, das sähe vor Gericht immer besser aus. Also setzte ich mich hin und schrieb einen Brief. Ich ging auf die geplatzten Notartermine ein, auf die fehlenden Mieten und auf die mündliche Bestätigung von Frau W. , dass ich allen Interessenten absagen soll es wäre alles in Ordnung. Ich setzte eine Frist von 10 Tagen. Falls sich noch was ändern sollte wäre ich jederzeit ansprechbar. Ansonsten würde ich meinen Anwalt einschalten. Dieser Brief ging sofort per Einschreiben raus. Wieder einen Anwalt einschalten....für eine Sache die ich schon fast abgehakt hatte.....

Parallel dazu bat ich die Kasse ihrerseits Informationen reinzuholen was bei W. los ist und wo das Problem liegt. Eine Woche tat sich wieder mal gar nichts. Bis dann die Kasse mich anrief. „Herr Hölters, wir können W. vergessen. Er hat uns eben bestätigt, das er das Haus nicht kaufen wird." Selbst Vorschläge der Kasse für eine noch andere Lösung hatte er abgeschlagen. Nein, er will das Haus nicht mehr. „Bitte melden sie sich in Kürze bei uns um weitere Planungen vorzunehmen.....," kam im Anschluss. Na klar, die sehen jetzt zum Einen meine Felle völlig davon schwimmen, zum Anderen aber auch wieder ihre Chance das Haus in ihrem Namen zu verkaufen. Und natürlich wieder Kassieren.....Am letzten Tag der Frist habe ich dann noch mal einen Anlauf gewagt W. anzutreffen. Das ich mich später am Tag wieder mit einen Anwalt treffen musste ging mir gehörig auf den Geist. Ich wusste ja schon wie das wieder abläuft. Ich fuhr zum Haus und wollte zum Vorwand in das OG zum Lüften. Der Chevi stand nicht mehr auf dem Hof. Das fiel mir sofort auf. Ich ging zur Haustür und wollte aufschließen. Es passte kein Schlüssel. Ich kam nicht in mein Haus!!! Natürlich machte auch wieder niemand auf, obwohl ich Sturm klingelte. Die haben das Schloss, mein Schloss von meiner Haupteingangstür gewechselt. Ich konnte es nicht Glauben. Ich rannte um das Haus um zu sehen ob noch was verändert wurde. In der ehemaligen Garage von Z. stand der Chevi. Und die Tür war abgeschlossen. Auch die Tür konnte ich mit meinen (Hausbesitzer – Schlüssel) nicht öffnen. Die benutzen einfach meine Garage. Und wo haben die den Schlüssel her? Ich hatte 200 Puls und Blutdruck. Was geht hier ab? Wieso verarschen die mich jetzt so? Was bezwecken die? Es kam ganz kurz der Gedanke:" Das haben die von Anfang an geplant." Zwei Stunden später saß ich bei meinem Anwalt im Büro. Jetzt ging es mir nicht mehr auf den Geist. Ich wollte nur wissen was die im Schilde führen. Und vor Allem wollte ich mein Recht.

Kapitel 43

Ich war sowas von geladen. Ich besprach alles mit dem Anwalt und fügte noch hinzu, dass ab jetzt keine Gefangenen mehr gemacht werden. Die Aktionen dieser Mieter brachte das Fass zum Überlaufen und bei mir schaltete irgendein Hebel um. In drei Jahren der sechste Mieter der mich betrügen will. Jetzt reicht es....

Es wurde ein mehrseitiger Brief verfasst in dem alle Vergehen der Fam. W. aufgelistet wurde. Für die nicht gezahlten Mieten, die Besetzung oder Belegung nicht gemieteter Räume und vor Allem für die Auswechslung der Schlösser wurde denen drei!! fristlose Kündigungen ausgesprochen. Innerhalb einer Woche ist die Wohnung geräumt und gesäubert zu übergeben. Dieses Schreiben ging per Boten zu W. und die hatten es nach wenigen Stunden schon in Ihren Händen.

Au ha, so eine Wortwahl und mit so einer Härte hatte mein Anwalt bis jetzt noch keinen Brief für mich verfasst. Das war nach meinen Geschmack. Gleich zeigen wer am längeren Hebel sitzt.....

Einen Tag später hatten wir Antwort von dem Anwalt der Fam. W. . Es wurde ganz schnell mal eben der fristlosen Kündigung förmlich widersprochen. Da war es wieder was ich Eingangs schon mal erläuterte. Was bedeutet denn fristlose Kündigung. Im Grunde nur ein blöder Ausdruck damit die Anwälte sich Hin- und Her schreiben können. Als Begründung ging deren Anwalt folgender Maßen auf unser Schreiben ein. Die fehlenden Mieten sind alle mit mir abgesprochen, da Fam. W. das Haus doch kaufen möchte. Zeuge hierzu der zuständige Finanzberater der Kasse. Übrigens ist damit derselbe Mensch gemeint, der mich angerufen hat um mir mitzuteilen das W. definitiv das Haus nicht mehr kaufen will...und, es war eine Monatsmiete besprochen und nicht mittlerweile drei!! Weil der Brief von uns von einem Boten zur „ NichtPostZeit" überbracht wurde ist die Frist zum Ausziehen erheblich zu kurz...W. wäre nicht in der Lage so schnell auszuziehen, gehen aber so bald es möglich ist da das Mietverhältnis ja nun anscheinend gestört sei...Ich solle doch warten bis sie weg sind um weitere unsinnige Kosten zu ersparen...Auch das Haustürschloß hatte W. doch nur gewechselt weil die Tür eines Abends aufstand!! Sie hätten Angst gehabt, dass jemand anderes noch einen Schlüssel besitzt. Auto ist aus der Garage raus und das alte Schloss ist wieder drin.

Es war der erste Brief dieses Anwaltes und ich fühlte mich schon gleich verarscht und angegriffen. Er spielte alles so runter, als wäre das normal und ich solle doch mal nicht so meckern....so kam mir das vor. Das es um meine Existenz ging interessierte den doch nicht, und W. natürlich auch nicht.

Nun war es auch für meinen Anwalt eindeutig das W. nur am Lügen ist. Er hatte natürlich auch mit meiner Kasse gesprochen. Und die hat ihm bestätigt, dass W. damals, aus was für Gründen auch immer, nicht mehr zu einem Kauf bewegt werden konnte. Er wollte dieses Haus nicht kaufen!! Der Anwalt setzte eine Klage auf, die zum Amtsgericht ging.

Kapitel 44

Der Termin bei meiner Kasse war der Horror. Denn ich war mit meinem Latein am Ende und jeglicher Optimismus den ich mal hatte war verschwunden. Ich fühlte mich belogen, betrogen und einfach nur fertig.

Es gäbe noch drei Möglichkeiten, eröffnete mir die Kasse. Erstens, wir gehen mit einem Preis für dieses Objekt an den Markt der hundert Prozent einen schnellen Käufer verspricht. Zweitens, wir lassen eine Grundschuld für das Haus Findelstraße eintragen oder drittens, wir gehen jede anfallende Zahlung für die nächsten drei Monate durch. Der Dispo würde dann letztmalig so weit erhöht damit ich die nächsten 90 Tage meine Kosten decken könne. Aber in dieser Zeit muss das Haus, am besten zu einem akzeptablen Preis, verkauft werden!! Ich entschied mich für das Letztere. Wenn ich mich selber und mit Hilfe anderer intensiv um der Verkauf kümmere, muss das doch in drei Monaten zu schaffen sein.....Die Kasse machte von nun an wieder Werbung und ich bat eine bekannte Maklerin um Hilfe. Zusätzlich schaltete ich Annoncen im Internet und Zeitungen. Es dauerte nicht lange und die ersten Interessenten meldeten sich.

Kapitel 45

In der Zwischenzeit kümmerte ich mich selber um das Grundstück. Mit zwei Personen haben wir zwei komplette Tage mit Gartenarbeiten verbracht. Herr W. hatte nichts besseres zu tun als mich und meine Frau blöd anzugrinsen, nach dem Motto, schön dass ihr das machen müsst. Ich mache hier sowieso nichts mehr. Die Kasse machte mehrere Termine mit verschiedenen Kaufinteressenten und die sollten nicht gleich in den Rücken fallen wenn sie das Grundstück sahen. Die Kasse und auch meine befreundete Maklerin wurden von ihm hingewiesen, dass er keine Störung mehr in der Woche dulden würde. Wenn schon jemand sich das Haus und auch somit die Wohnung EG anschauen wolle, dann bitte am Wochenende. Was für ein Recht nimmt der sich raus?? Einigen potentiellen Käufern machte er eindeutige Anspielungen. Wie gefährlich die Wohngegend sei und wie viel Geld man doch noch in das Haus stecken müsste. Er würde das nie kaufen…. Ich musste sogar noch 500 Liter Öl tanken, da W. ja ansonsten auch eine einstweilige Verfügung bekommen hätte. Laut Gesetzt bin ich verpflichtet, dass Heizung und Warmwassererwärmung gewährleistet ist. Ich kann solche Gesetzte nicht verstehen…Ich ließ ihn nochmals von meinem Anwalt abmahnen.

Meine Rechtschutzversicherung bestätigte mir die Übernahme der Kosten und die Sache ging jetzt offiziell als Klage zum Gericht.

Kapitel 46

Eine Woche später erhielt ich, diesmal direkt von dem Anwalt von W. und diesmal nicht über meinen Rechtsanwalt, ein Schreiben mit dem Vorschlag die Wohnung bis zum 30.09.07 geräumt herauszugeben. Mietzahlung wäre bis dahin vollständig. Das wären also noch sechs Wochen. Ich faxte dieses Schriftstück zu meinem Anwalt und wir einigten uns darauf, dass wenn die Zahlungen wirklich komplett geleistet werden, werden wir uns auf diesen Vorschlag einlassen. Richtig akzeptieren konnte ich das zwar nicht, denn für mich waren da noch einige fristlose Kündigungen offen. Aber für meinen Anwalt bedeutete das, dass die in sechs Wochen raus sind. „Wir können froh sein wenn die dann gehen", meinte er zu mir. „Denn, wenn die nicht gehen wollen dann gehen die eben nicht. So hast du die Chance diese Leute raus zu haben bevor deine dreimonatige Frist bei der Kasse abläuft." Wo lebe ich hier?? Was ist das für eine Rechtssprechung?? Ich bekam immer mehr eine Hasskappe. Mein Anwalt informierte den Anwalt von W. über das Ergebnis unserer Besprechung und schrieb noch einem Brief mit der Bitte um Unterschrift wegen dieser Einigung. Leider kam nichts mehr zurück, aber das es ja deren ihr Vorschlag war und mein Anwalt sich persönlich gemeldet hatte, gingen wir nun davon aus: 30.09.07 W. raus, Haus leer....

Zwischenzeitlich traf mein Vater Herr W. zufällig auf dem Hof des Hauses an. Mein Vater war zu dieser Zeit noch nicht über den gesamten Hergang informiert. Er wusste lediglich, dass W. das Objekt kaufen wollte und es in die Hose ging. Außerdem bekam er natürlich mit, wie ich mich über diese Familie aufregte und das Anwälte im Spiel waren. Mein Vater nutzte die Gelegenheit um einmal in Ruhe mit Herrn W. zu sprechen. Was ich nach diesem Gespräch von meinem Vater erfahren habe schlug dem Fass den Boden aus.

W. war ihm Gegenüber stinkfreundlich wie immer. Er könne die ganze Geschichte nicht verstehen. Er wolle doch das Haus kaufen und ich wäre abgesprungen. Ich würde Unwahrheiten erzählen nur um W. aus dem Haus zu bekommen. Auf die Frage warum er den nicht wenigsten die Mieten dann zahlen würde, sagte er das sehe er gar nicht ein. Er fühlt sich betrogen und unterstützt mein Verhalten nicht. Die Gelder würden bei seinem Anwalt deponiert liegen!!

W. hatte es geschafft meinen Vater so einzulullen, genauso wie ich Anfangs auf ihn reingefallen bin, dass mein Vater zu mir kam und tatsächlich fragte: „Was machst du mit diesem armen Mann?" Ich meldete dieses Gespräch sofort meinem Anwalt.

Kapitel 47

Alle Kaufinteressenten der Sparkasse lehnten nach Besichtigung des Hauses ab. Mein Telefon klingelte an manchen Tagen heiß, dubiose Angebote von irgendwelchen Ausländern oder Leute die nur Feilschen wollten, um einen Preis zu erzielen der lächerlich war. Die einzige, die etwas Erfolg hatte war meine Freundin, die Maklerin. Sie hatte sich voll ins Zeug gelegt und den einen oder anderen Kontakt geknüpft.

Und bald meldete sich eine junge Familie. Sie zeigten ernsthaftes Interesse. Sie wollten das Objekt kaufen und mit dem jugendlichen Sohn und der Oma in das Haus ziehen. Ihnen gefiel alles, selbst die Problemzonen wie alte Heizung oder alte Fenster nahmen sie so hin wie sie waren und feilschten nicht einmal um den Preis. Den Preis den ich nannte war für sie auch in Ordnung. Renovierung sollte ab den 01.10. und Einzug zum Anfang Dezember erfolgen. Sie selbst wohnten noch zur

Miete und auch die Oma hatte eine Mietwohnung. Und da war jetzt der kleine Haken. Sie würden nur kaufen wenn 100%ig fest stand, dass die Wohnung zum 30.09. leer ist. Das war ja nun kein Problem. Ich hatte ja die Zusage zum 30. gegeben und da W. das ihrerseits mir vorgeschlagen hatte, war für mich klar, dass am 01.10. alles erledigt wäre. Vorsichtshalber versprach ich eine schriftliche Bestätigung von W. zu besorgen. Ihrerseits sollten die sich um ihre Finanzierungzusicherung kümmern. Nicht das das wieder solche Traumtänzer wie W. sind.....

Über meinen Anwalt ließ ich einen Brief aufsetzen mit der Bitte einer verbindlichen Mitteilung, dass Räumung und Übergabe zum 30.09. erfolgt. Wir warten auf heute auf diese Mitteilung...... Im Gegenteil, es kam ein Brief von dem Anwalt von W. . Von zurückgelegten Geldern hätte sein Mandant W. nie gesprochen. Die ganzen Behauptungen, die er meinem Vater erzählt haben soll, wären aus der Luft gegriffen.....

Kapitel 48

Die neuen Käufer hatten wenige Tage später über einen Notar einen Kaufvertrag entworfen und nun stand der Termin zur Unterschrift an. So weit war ich ja nun schon mal. Mit einer gewissen Familie W. . Aber diesmal klappte der Termin....

Normalerweise hätte ich eine sofortige Anzahlung bekommen, damit hatten ich und meine Kasse auch gerechnet. Aber nun stand eine Unterschrift von mir an, mit der ich versichere dass die Mieter W. am 01.10.07 ausgezogen sind und das Haus leer steht. Die Käufer ließen sich nicht dazu überreden auch nur einen Cent zu bezahlen, bevor das Haus leer ist. Sie hatten schon genug erlebt und gehört was in Deutschland im Mietrecht alles möglich ist. Ich wurde von dem Notar angesprochen, dass es schwierig würde wenn dies nicht der Fall ist. Aber ich war mir sicher, dass die raus sind. Schließlich war das ja deren Angebot. Ich habe die ja nun schon über zwei Monate länger dort wohnen lassen mit meiner Zusage. Wir waren uns alle sicher, dass dieser Termin eingehalten wird. Der Kaufvertrag wurde besiegelt und nun hieß es warten bis zum Ende September. Ende August wurde von W. sogar eine Miete überwiesen. Somit waren noch Juni und Juli offen!! Taktisch klug, so hatten sie nie drei Monatsmieten hintereinander offen.

Unser Einkaufszentrum hat im Eingangsbereich eine nette Cafe - Ecke. Dort mache ich ganz gerne mal eine Pause, trinke einen Kaffee oder esse ein Brötchen und bereite mich auf den nächsten Kunden vor....In diesem Eingangsbereich ist auch unsere Postannahmestelle. Ich sitze nun da und W. gibt bei der Post ein Einschreiben auf. Das konnte ich alles mitbekommen. Er würdigte mir keinen einzigen Blick und tat so als wäre ich nicht da.....Dieses Einschreiben ist garantiert für mich, dachte ich und erzählte später meiner Familie wie auffällig sein schlechtes Gewissen war.

Einen Tag später, am 10.09.07 bekam ich ein Einschreiben von Fam. W. . „ Hiermit kündigen wir die Wohnung Findelstraße fristgerecht zum 01.12.07"......Mein Herz blieb

fast stehen....Das war eine ganz normale Kündigung, als wenn
es keine Vorgeschichte dazu geben würde....

Kapitel 49

Mit dem Einschreiben bin ich dann wieder sofort zu meinem
Anwalt. Wenn die nicht zum besprochenen Termin ausziehen,
kann ich Einpacken. Die neuen Käufer springen ab oder ziehen
in ein Hotel und ich bin fertig. Für solche Spielchen hatte ich
kein Geld mehr. Wenn ich es hätte würde es mein liebstes
Hobby sein W. bis auf die Unterhose auszuziehen....aber das
war Zweitranging. Die müssen raus...

Meine Nerven lagen blank, ich merkte immer mehr wie unruhig
ich geworden bin. Auch wie schwer es mir viel, bei Kundschaft
ruhig und sachlich zu sein. In meinem Kopf war nur diese
Sache und fraß mich auf. Ich hatte tatsächlich Angst
durchzudrehen. Einfach hinfahren und den Typen
durchprügeln. Ich freundete mich immer mehr mit diesem
Gedanken an, was hatte ich schon noch zu verlieren?? Etwa zu
dieser Zeit begann ich diese Zeilen zu schreiben.

Mein Anwalt setzte zwei Schreiben auf. Eins für W. , in dem
noch einmal fristlos gekündigt wurde??!! Und ein Schreiben an
deren Anwalt in dem er das Verhalten von W. und auch das
des Anwaltes monierte. Es waren doch nun alle Vorgespräche
gelaufen und man hätte sich geeinigt. Das wäre alles nicht
mehr nachvollziehbar.

Am Abend bekam ich den nächsten Schlag ins Gesicht. Ich erfuhr, dass W. in den Urlaub gefahren ist. Am selben Tag als er die Kündigung wegschickte flog er mit seiner Frau nach Mallorca. Mit meinem Geld, ohne sich um seine Auflagen zu scheren.....Was für ein abgewichstes Schwein.

Ich hatte mich bis dahin in allen Mietfällen korrekt verhalten aber nun war Schluss. Ich musste jetzt endlich anfangen zu handeln. Dieses Hin- und Hergeschreibe der Anwälte über dusselige Gesetzte ging mir endgültig auf den Geist. Als erstes erzählte ich meinen Eltern und meinem Bruder jede Kleinigkeit und Erfahrungen mit Fam. W. . Ich erzählte sogar meinem Chef die ganze Geschichte. Mir war wichtig, dass egal was jetzt weiterhin passiert, die Leute auf meiner Seite sind. Und das es sich nicht nur um irgendwelche Mieter handelt die man aus seinem Haus haben möchte, sondern um Betrug und Zukunfts- bzw. Existenzängste die ich hatte. Ich fing an, jedem bei dem es mir wichtig erschien, diese Geschichte zu erzählen. Ich holte mir Tipps von meiner Kundschaft, die selber Vermieter waren. Und ich fing an zu recherchieren. Was hat Fam. W. . Wo arbeiten die. Wer sind die und wo ist deren Schwachstelle. Ich wusste, dass ich bis zum 30.09. definitiv warten musste. Bis dahin hatte ich W. ja nun zugesichert bleiben zu dürfen. Aber ich zählte jeden Tag bis dahin und wollte bestens vorbereitet sein. Mein Vater, mit seinen vielen Kontakten, half mir dabei und ich bekam haarsträubende Infos…

Kapitel 50

In dieser einen Woche, in der W. in Spanien war, hatte ich genug Zeit um wichtige Neuigkeiten zu erfahren. So erfuhr ich, dass Frau W. mehrere Putzstellen hat (unter anderem bei Edeka). Jemand aus meiner Verwandtschaft ist dort Abteilungsleiter. Er wurde von mir informiert. Ich erfuhr, dass Herr W. einen Zeitvertrag bei Invacare hat. Ein Schulfreund von mir ist dort sein direkter Vorgesetzter und ebenfalls zwei Verwandte von mir sind seine Arbeitskollegen. Alle wurden von mir informiert. Ich erfuhr, dass der Oldtimer auf meinem Hof weder auf Herrn noch auf Frau W. zugelassen ist. Außerdem hat dieser Wagen gut und gerne einen Verkaufswert von 13000€ - 15000€. Ich habe Autohändler gesprochen, die mir versicherten diesen Wagen in weniger als einer Woche für dieses Geld an Liebhaber verkaufen zu können. Warum hat er das nicht für 9999€ geschafft?? Ich denke, dass er auch nie die Absicht hatte!! Wer der Halter ist, ist nun in Arbeit. Und ich erfuhr von höchster Instanz, dass Herr W. 2005 einen Offenbarungseid geleistet hat der, man achte auf das Datum, 2007 aufgestockt wurde!!!!!! Also zu einem Zeitpunkt, wo er mir schon wochenlang in den Ohren lag, er wolle das Haus gerne kaufen.....Beide Personen dürfen anscheinend zusammen nicht mehr als 800€ im Monat privat nutzen. Das war eine Neuigkeit, die ich sofort meinem Anwalt erzählen musste.

„Beide sind Berufstätig ist schon mal gut", meinte er. „So haben wir die Chance der Lohnpfändung. Da aber ein Offenbarungseid in zweifacher Form vorliegt gibt es bestimmt mehrere Gläubiger". Aber schon diese Tatsache hätte er mir bei Unterschrift des Mietvertrages mitteilen müssen. Er hätte eventuell Wohngeld beantragen müssen. Da er alles verschwiegen hatte, war für uns wieder ein Beweis seiner Unglaubwürdigkeit. Der Chevi, den wir insgeheim schon als Mieterpfandrecht im Auge hatten, viel nun weg. Außerdem ist die Kündigung von ihm zu 01.12. nur von ihm unterschrieben. Im Mietvertrag stehen aber beide Personen. Mein Anwalt vermutete jetzt nun, dass auch diese, eh überflüssige, Kündigung getürkt ist. Nach unserem Mietrecht wäre er aus der Haustür ausgezogen und über den Balkon bei seiner Frau wieder eingezogen….Da schlackert man mit den Ohren. 800€ darf er verdienen, alles andere wird gepfändet. Es war doch klar, dass er die Mieten nicht zahlen kann. Aber was hat der noch alles für Dreck am Stecken? Hauptsache man fliegt in den Urlaub nach Spanien…..

Ich meldete die Neuigkeiten auch meiner Kasse. Ziemlich erbost fragte ich warum solch wichtigen Fakten wie Offenbarungseid nicht sofort geprüft wurde. Ich hätte doch Monate an Zeit und Geld gespart wenn ich diese Info bei seiner Finanzierungsanfrage bekommen hätte. Die Kasse überprüft solche Sachen erst wenn ein gewisses Gerüst steht. Und da ziemlich früh fest stand, dass er ja nicht mehr kaufen will, wurde das gar nicht angefragt. Toll!!

Kapitel 51

Das W. aus dem Urlaub zurück gekehrt war erfuhr ich nach einer Woche anhand einer SMS. Der Ölbrenner stände auf Störung, das Haus roch nach Öl. Er bittet um sofortige Reparatur. Da war es wieder. Warmwasser und Heizung muss gewährleistet sein. Egal was passiert ist. Trotzdem rief ich meinen Anwalt an. Warum soll ich nun reagieren, der soll sich doch den Hintern abfrieren oder selber einen Handwerker holen und bezahlen. Mein Anwalt meinte nur ich solle die Störung beheben. Sowas wären alles Pluspunkte vor Gericht, außerdem haben wir noch nicht den 01.10. Du hast erlaubt, dass er noch da wohnen darf....Die kleine Störung wurde behoben und die Heizung lief wieder.

Am nächsten Tag hatte ich wieder Post von dem Anwalt der Fam. W. im Postkasten. Er antwortete auf unser letztes Schreiben und widersprach natürlich der fristlosen Kündigung. Als ich weiterlas stieg mein Blutdruck wieder deutlich an. Die Wortwahl dieses Anwaltes brachte mich auf die Palme..... Alle Mieten seien doch pünktlich angewiesen worden. Die Beträge seien auch abgebucht worden und Belege seien vorhanden. Wie kann dieser Anwalt so etwas behaupten? W. kann ihm gar keine Belege vorgelegt haben!! Desweiteren hätte W. korrekt gekündigt, ein neuer Mietvertrag zum 01.12.07 läge ihm vor. Das mag ja gut sein, aber darum geht es doch gar nicht!! 01.10.07 ist D-Day!! Der 01.10.07 als Auszugsdatum wäre für seine Mandantschaft nicht akzeptabel, da wir ja nicht oder wenn zu spät auf diesen Vorschlag reagiert hätten….Das schlägt dem Fass den Boden aus….jetzt sind wir auch noch Schuld, dass die noch hocken.. aber es ging noch weiter…. Wir sollten uns doch zusammen setzen und eine einvernehmliche Lösung finden. Es wäre doch müßig und übertriebener Aktionismus über diese Lappalie noch weiter zu schreiben und zu streiten… ich hatte nicht übel Lust zu diesem Anwalt hinzufahren um ihn gehörig meine Meinung zu sagen. Der hatte doch überhaupt keine Ahnung wen der da vertritt und was für mich auf dem Spiel steht….

Ich ließ mir sofort von der Kasse eine Auflistung sämtlicher Zahlungseingänge der Fam. W. schicken und reichte dieses Schreiben meinem Anwalt weiter.

Zwei Tage später erhielt ich ein weiteres Schreiben von diesem Anwalt. Er gehe mal davon aus das der Schaden an der Heizungsanlage behoben sei und legt in Kopie einen Zahlungsbeleg der Kasse bei. Dieser Beleg zeigte die letzte bezahlte Miete von W. an. Das wäre doch nun der Beweis das die monierte fehlende Miete überwiesen sei….Was erzählt der für einen Scheiß? Es geht um ganz andere fehlenden Mieten und um fristlose Kündigungen und um ein in kürze anstehendes Auszugsdatum. Für mich war nun klar, dieser Anwalt wurde zum Einen genauso von W. belogen wie alle anderen und zum Anderen schert er sich einen Dreck um die Wahrheit. Sonst hätte er sich mal ein paar Minuten Zeit genommen um ein wenig zu recherchieren….Und ich wusste, kommt es irgendwann endlich zu einer Rechtsprechung werde ich alle

Trümpfe in meiner Hand haben. Nur irgendwann ist nicht jetzt. Morgen ist der 01.10.07 !!!

Kapitel 52

Am Abend standen unangemeldet die neuen Käufer vor meiner Tür. Sie waren sehr erregt und ich merkte sofort, dass etwas nicht stimmte.

Sie waren einfach mal zum Haus Findelstraße gefahren, um zu schauen wie weit der Auszug sei. Morgen ist ja schließlich Übergabe. Da alles noch so aussah wie immer beschlossen sie zu klingeln. Freundlich wie immer und bei einem Tässchen Kaffee hat W. es dann wieder einmal geschafft diese Personen einzuwickeln. Nun standen sie bei mir im Wohnzimmer und wollten von dem Kaufvertrag Abstand nehmen. Warum ich sie belogen hätte und was diese ganze Aktion von mir wohl soll? Ich hörte mir das zehn Minuten an, holte dann meinen dicken Aktenordner und widerlegte jede falsche Aussage von diesem Gauner. Er belog diese Familie von vorne bis hinten. Nichts, aber auch gar nichts war wahr von seinen Äußerungen. Ich konnte verstehen, dass die sauer auf mich waren. Wir beschlossen von nun an gemeinsam gegen diesen Menschen vorzugehen. Aber sie machten mir auch klar, dass die Zeit drängt. Ihre Gelder werden auch erst ausgezahlt, wenn sie im Grundbuch stehen. Dort stehen sie aber erst wenn die Hütte leer ist. Und Kosten haben sich inzwischen schon genug angehäuft. Sie hätten ihre Wohnung gekündigt, er muss als Fernfahrer zeitig Urlaub anmelden für die Renovierung. Ich versprach morgen endlich selber die Initiative in die Hand zu nehmen. Morgen ist der 01.10.07

Kapitel 53

Ich hatte von meinem Chef extra Urlaub bekommen und so fuhren zu fünft morgens um halb acht zur Findelstraße. Ich hatte beschlossen nun zu agieren und nicht weiterhin zu reagieren. Sollen die mich doch anzeigen, dann geht es wenigsten mal voran.

Bei W. waren die Schalousien noch unten. Anscheinend schliefen die noch. Wir machten aber keine Anstalten leise zu sein. Die sollten ruhig mitbekommen das heute der 01.10. war. Wir bauten im Heizungs- bzw. Versorgungsraum ein neues Schloss ein, stellten die Heizung ab, drehten die Hauptwasserleitung zu und zu guter Letzt entfernten wir die Panzersicherungen. W. war von diesem Moment komplett ohne Versorgung....Ich klebte an die Kellertür noch zwei Din A 4 Zettel. Auf dem einen hatte ich geschrieben das dieses Haus ab heute einen neuen Besitzer hat, auf den anderen meine Forderungen an W. . Ich fotografierte Zählerstände und Wasseruhrstände und als ich in der Waschküche ankam sah ich die nächste Schweinerei. W. hatte seinen Kaltwasserzähler von dem Waschmaschinenzapfhahn demontiert und nicht nur das, der Schlauch der Waschmaschine war auf der Zapfstelle OG montiert. Dies ist eindeutig Betrug. Ich fotografierte auch das, schloss alles ab und wir verließen das Haus. Beim Wegfahren sahen wir wie die Schalousien hochgezogen wurden. Zu Hause rief ich meinen Anwalt an und erzählte ihm alles.

Kapitel 54

Ca. eine Stunde später rief W. auf meinem Telefon an. Ich ging natürlich nicht ran und so hörte ich wie er aufgebracht auf das Band sprach:" Herr Hölters, wenn in 15 Minuten nicht der Strom und das Wasser wieder angestellt ist, schicke ich ihnen den Gerichtsvollzieher auf den Hals"!! Genau das wollte ich hören. Soll er doch zum Richter rennen. Vielleicht habe ich dann endlich mal Gelegenheit an höherer Stelle zu beweisen was das für ein Gauner ist und nicht immer nur die Anwälte hin und her schreiben zu lassen. Mit einer innerlichen Zufriedenheit legte ich mich hin und machte in Ruhe ein Mittagsschläfchen….

In der Zwischenzeit klingelten alle meine Telefone heiß. W. versuchte noch einige Male mich zu erreichen. Natürlich ohne Erfolg. Zu guter Letzt rief er bei meinem Vater an. „ Herr Hölters, ihr böser Sohn hat……." Mein Vater sagte nur ich wäre nicht da.

Punkt 15 Uhr klingelte dann der Gerichtsvollzieher bei uns. Was ich zu diesem Zeitpunkt noch nicht wusste ist, dass W. mit dem Herrn zusammen zu uns kam und nun bei meinem Vater im Büro saß. Der Gerichtsvollzieher war gut drauf, anders als der von damals bei der Sache Z. . Ich war ja offiziell nicht da und so hörte ich nur das Gespräch was er mit meiner Frau hielt. Er belehrte sie und ließ die Einstweilige Verfügung da. Beim Weggehen sagte er noch:" Na, auch Ärger mit Mietern. Die wollen sie wohl raus haben. Ich rate ihnen rufen sie ihren Anwalt an."

Die Einstweilige Verfügung lautete so wie ich es vermutet hatte. Er hat eidesstattlich Versichert, dass seine Angaben korrekt sind. Und sie waren korrekt. Jedenfalls hat er nichts Falsches angegeben, nur wesentliche Punkte natürlich weggelassen. So hatte er nur angegeben, dass sie zum 01.12.ganz normal gekündigt hätten, das jetzt alles abgedreht ist und ein Schild immer Keller hängt, dass das Haus ab heute einen neuen Besitzer hat. Vom anderen Zettel natürlich kein Wort. Kellertüren wären abgeschlossen und am Stromzähler kommt kein Strom mehr an. Wörtlich: Es muss die Hauptstromleitung gekappt worden sein. Er hätte mich um 8:35 Uhr versucht und 8:46 Uhr Anzurufen, um mich freiwillig dazu zu bewegen alles wieder anzustellen. Und....er könne sich nicht mehr waschen!!! Es muss sich natürlich für einen Richter anhören, dass ich der böse Mann bin der die einfach nur aus dem Haus ekeln will....Trotzdem musste ich über dieses Dokument mit dessen Wortwahl lachen.....

Nun bekamen wir mit, dass W. ja bei meinem Vater saß. Meine Frau nahm die einstweilige Verfügung und noch bevor ich zu Ende gedacht hatte ob das eine gute Entscheidung ist, ging sie im Stechschritt zu meinem Vater in das Büro. Nun kann ich nur das wiedergeben was sie, bzw. mein Vater mir im Anschluss berichteten.

Meine Frau ist nun rüber in das Büro gegangen mit dem Vorwand, meinen Eltern die einstweilige Verfügung zu zeigen. Als W. sie sah ist er aufgestanden und freudestrahlend auf sie zu gegangen."Hallo Manuela, wie geht es Dir?" Sie meinte nur er solle sie nicht von der Seite anquatschen und diese widerlich freundliche Art lassen. Sie gesellte sich zu dieser Gesprächsrunde und bekam mit wie W. weiter aus dem Nähkästchen plauderte. Er hätte doch geerbt, er wollte doch das Haus kaufen. Es wäre doch alles klar gewesen. Ich wäre abgesprungen mit irgendwelchen faulen Ausreden. Er könne das alles nicht verstehen. Als mein Vater ihn ganz nebenbei auf den zweifachen Offenbarungseid ansprach, sahen alle Anwesenden deutlich wie W. die Kinnlade runterfiel." Wie können sie behaupten, mit ihrer Vorgeschichte ein Haus kaufen zu wollen oder zu können?"fragte mein Vater weiter. Als meine Frau ihn noch als ostdeutschen Schmarotzer beschimpfte entgegnete er noch, es solle doch bitte keiner persönlich werden und verließ das Büro.

Kapitel 55

Am nächsten Tag hatte ich Post von meinem Anwalt incl. Kopie des Wiederspruches auf die Einstweilige Verfügung an das Gericht. In dem Widerspruch wurde detailliert auf alle Anschuldigungen nochmals eingegangen. Er wies mich noch darauf hin, dass diese Bearbeitung erfahrungsgemäß einige Tage dauern würde meinte aber auch das es mit dem Ausbau der Panzersicherungen definitiv Ärger geben wird. Mit dem Abstellen des kompletten Stromes würde ich EON auch schädigen und nicht nur W. . Dies ließe sich EON nicht gefallen, W. und nicht ich hatte schließlich einen Vertrag mit denen.

Wenn W. doch der Meinung ist er wäre im Recht und das Hauptstromkabel wäre gekappt worden, hätte er doch sofort sich bei EON melden können oder müssen. Ich habe bis heute von EON nichts gehört und wir sind alle der Meinung, dass er auch dort nicht bezahlt hat. Deswegen reagieren die auch nicht.

Trotzdem wollte ich keinen anderen schädigen. Ich fuhr also wieder hin und wir bauten die Panzersicherungen wieder ein. Aber ich hatte ja mit EON einen neuen Vertrag abschließen müssen, damals nach dem Auszug von Z. . Meinen Strom kann ich ja wohl abstellen. Ich legte den Zähler OG und somit auch den Zwischenzähler für Kellerstrom lahm. Jetzt hat W. in seiner Wohnung wieder Strom. Kosten, die er mit EON zu regeln hat und nicht über mich. Alles andere ließ ich abgestellt.

Kurz danach bekam ich per Boten einen Brief vom Amtsgericht. Wie erwartet hatte ich Zeit bis zum Freitag, den 05.10.07 um 12 Uhr die Strom und Wasserversorgung in der Mietwohnung W. wieder herzustellen. Desweiteren war ein zweiter Antrag auf Einstweilige Verfügung von W. in Kopie beigelegt. Sie versuchten damit auf meine Kosten Handwerker bestellen zu können, die den alten Versorgungszustand wieder herstellen sollten. Eine Zwischenverhandlung vor Gericht sollte ebenfalls am 05.10.07 erfolgen. Ich besprach mich wieder mit meinem Anwalt.

Das Wochenende stand vor der Tür und wir hatten eine Woche Zeit zu reagieren. In dem Gerichtsschreiben stand lediglich Strom für das EG und Wasserzufuhr EG wieder herstellen. Nichts von warmen Wasser oder Heizung in Betrieb setzen. Wir einigten uns darauf, dass ich noch am gleichen Tag das Hauptwasser wieder aufdrehe aber Heizung und Kellerstrom ausgeschaltet lasse. So versprachen uns davon immer einen Schritt vor dem Gericht zu handeln und hofften, dass W. zu Hause sitzt und sich zum einen wundert, warum ich so schnell reagiere und sich zum anderen auch bestätigt und sicher fühlt. Wir wussten, kommt es zu einer richtigen Verhandlung ziehen wir den aus bis auf das Unterhemd.....

Kapitel 56

Ich fuhr also mit zwei Kollegen zum Haus. Als wir in den Keller gingen hörten wir eine Waschmaschine laufen. Wie geht das denn, die haben doch kein Wasser?? Ich schloss die Kellertür auf um an der Wasseruhr die Absperrhähne zu öffnen. Man hörte gar kein Zischen....Auf den Leitungen war Druck...was ist hier los?? Schnell stellte ich fest, dass an der

Außenzapfstelle im Garten ein Wasserschlauch montiert war. Dieser Schlauch ging bis zum Nachbar, es war vor kurzem eine Deutsch-Russenfamilie dort eingezogen die ich noch nicht kennengelernt hatte, an deren Außenzapfstelle. Herr W. hat also Wasser vom Nachbarn von außen verkehrt in mein Leitungsnetz eingespeist. Das wird die Stadtwerke interessieren...Ich machte einige Fotos, sperrte meine Außenzapfstelle ab und so war die Versorgung über meine Hauptwasseruhr wieder gewährleistet. Zu Hause berichtete ich diesen Vorfall wieder meinem Anwalt. Ich hatte nun, noch bevor W. wusste wie das Gericht entscheidet, alle mir aufgelegten Sachen erledigt und wieder einen Betrug von W. entdeckt.

Anstatt einen Richterspruch am 05.10.07 bekam ich Post das nun eine Gerichtsverhandlung wegen der Einstweiligen Verfügung am 23.10.07 anberaumt ist. Wohl bemerkt, nur wegen der Verfügung, nicht wegen Räumung.....wenigstens geht es ein wenig voran durch meine Eigeninitiative.

Ich bin nun in der Gegenwart angelangt. Wie es aussieht ist dieser Horror noch lange nicht zu Ende. Die neuen Käufer haben sich für die nächsten Tage angemeldet und ich vermute wirklich, dass sie abspringen werden. Wie dann alles weitergeht werde ich später an dieser Stelle einfügen. Zwischenzeitig kam wieder Post vom Gericht. Diesmal im Fall Z. . Es wäre nicht Rechtens auf leerstehende Räume zu klagen auch wenn dieses durch Fehlverhalten der Mieter passiert ist.

Es geht lediglich um die fehlenden Mieten, diese werden jetzt von einem Gerichtsvollzieher versucht einzuholen. Die offenen Nebenkosten einzuklagen bedeutet eine neue Anklageschrift...und wieder mal kurz 150€ aus meiner Tasche....Ich habe einfach keine Lust mehr darauf und warte ab was kommt....Außerdem habe ich den Halter des Chevi ausfindig gemacht. Ich habe mich als Chef einer Heizungsfirma ausgegeben und ihn freundlich darauf hingewiesen den Wagen von dem Hof Findelstraße zu entfernen. Es beginnen bald schwere Baumaßnahmen. „Die Mieter die dort wohnten, behaupten zwar es wäre ihr Auto aber ich kann sie leider nicht erreichen". Dem fiel auch die Kinnlade runter...Bin mal gespannt, wann W. sein Spielzeug weg ist...

Zu allem Übel habe ich heute erfahren, dass mein Vater an Darmkrebs erkrankt ist und schnellstens operiert werden muss. Ich hoffe jetzt einmal mehr, dass die Gerichte endlich Recht walten lassen und das Thema Findelstraße Geschichte ist. Ich möchte meinen Vater nicht mit solchen Menschen und Mietern belasten.....Hier werde erst einmal eine Pause machen. In den nächsten Wochen oder Monaten wird bestimmt noch viel in dieser Sache geschehen......

Kapitel 57

In wenigen Tagen ist es ein Jahr her als ich mit meiner „Schreibpause" begonnen habe....nun ist es Zeit mit diesen folgenden Zeilen das Jahr Revue passieren zu lassen.

Am 01.12.2007 ist Familie W. nun doch endlich aus meinem Haus ausgezogen. Eine Woche zuvor klingelte mein Telefon. Am anderen Ende war Frau V. . Sie wohnt Luftlinie keine 200 Meter von meinem Neubau entfernt und ist die Gartennachbarin von meinen Eltern. Und....sie ist die Mutter von einem meiner besten Freunde !! Sie wollte von mir wissen, ob ich eine Familie W. kennen würde. Diese Familie hätte schon vor Monaten einen Mietvertrag bei ihr unterschrieben und nun hätte sie erfahren, dass diese Leute ja bei mir gewohnt haben...Sie wollte sich mal erkundigen!!   Nur zur Erinnerung: Fam. W. hatte mir und dem Gericht erzählt, dass sie keine Wohnung gefunden hätten. Bzw. der neue Vermieter wäre kurzfristig abgesprungen....also war das auch wieder gelogen. Ich fiel aus allen Wolken. Was sage ich ihr jetzt? Ich kann ihr doch nicht alles erzählen...sie springt doch sofort von dem Vertrag ab und ich habe diese Leute noch länger am Hals. Aber ich habe ihr doch in groben Zügen alles erzählt. Sie meinte nur das sie aus dem Vertrag nicht mehr rauskommt und W. schon fast mit der Renovierung fertig wäre. Wir beendeten das Gespräch und ich rief sofort meinen Kumpel, ihren Sohn an. Er ist einer der wenigen Menschen, die wirklich jedes Detail meiner Geschichte kennt. Und gerade er wird indirekt Vermieter von diesen Bauernfängern....Er konnte es auch nicht glauben. Zumal er gar nicht wusste, dass seine Mum neu vermieten wollte. Wir sind weiterhin regelmäßig in Kontakt und bis heute kenne ich auch alle negativen Sachen die in der neuen Wohnung vorgefallen sind....auch mein Anwalt wird regelmäßig informiert.

Um zu verhindern, dass meine Käufer wegen diesen endlosen Querelen vom Kaufvertrag abspringen, musste ich vom Kaufpreis noch einmal 5000 Euro nachlassen. Anfang Dezember war es dann soweit. Das Haus Findelstraße 66, das Elternhaus meiner Mutter, war verkauft......

Kapitel 58

Parallel lief auch im Dezember einiger Schriftverkehr mit dem Gericht und meinem Anwalt im Fall Z. . Wie im Kapitel 55 beschrieben geht die Klage ja nur noch lediglich um die fehlenden Mieten und Nebenkosten. Immerhin ja auch um 2500 Euro. Trotzdem ist es für mich wieder nicht zu verstehen wie ein Gericht ohne Verhandlung so etwas entscheiden kann. Wenn ich alle Kosten die bis zu diesem Zeitpunkt durch diese Familie zusammen rechne, bin ich bei weit mehr als dem Doppelten. Aber immerhin bin ich wegen der einstweiligen Verfügung freigesprochen worden und 2500 Euro ist auch Geld. Ich lernte langsam mit minimalen Ergebnissen zufrieden zu sein. Wegen dieser Forderung wurde ein Gerichtsvollzieher beauftragt genau drei Versuche zu wagen, dieses Geld aufzutreiben. Als erstes wurde ich gefragt, ob mir bekannt wäre ob er irgendwelche Werte besitzt, oder wo er arbeitet....Es ist nicht zu glauben. Wofür zahle ich diese ganzen Gebühren eigentlich?

Auf Zahlungsaufforderungen reagierte diese Familie einfach gar nicht. Eine Kontoüberprüfung ergab, dass zwar ein Guthaben besteht aber diese Zahlungen vom Sozialamt stammten. Solche Gelder darf man nicht pfänden. Diese Familie besitzt also Geld, welches im doppelten Sinne ja zum Teil mir gehört...und mir fehlt und es darf nicht gepfändet werden....Was ist hier bloß los??? Für diese Infos durfte ich aber gleich wieder 150 Euro Eigenleistung an meinem Anwalt zahlen...

Anhand der Kontodaten konnte aber auch festgestellt werden welchen Verdienst Fam. Z. hat. Als mein Anwalt diese Zahlen sah, ging sein Daumen schlagartig nach unten. Bei denen haben wir nie eine Chance an mein Geld zukommen. Zu dieser Zeit habe ich innerlich damit abgeschlossen von Z. auch nur einen Cent zu bekommen. Im Mai 2008 war die Gerichtsverhandlung. Ich war nicht eingeladen und so konnte ich mich nur über den Posteingang wenige Wochen später zum, ich weiß nicht zum wievielten Male, wundern. Z. wurde verklagt mir 904,98 nebst 5% Zinsen zu zahlen. Wie die auf diesen Betrag gekommen sind ist mir bis heute ein Rätzel. Ich weiß nur, dass ich bis heute keinen Cent gesehen habe. Das diese Menschen in einem Haus im Nachbarort wohnen, ein Auto besitzen und sich hin und wieder sogar Fastfood leisten können....oder wird das auch bezahlt vom Geld Anderer???

Am 17.06.2008 habe ich in dieser Sache den letzten Brief von meinem Anwalt bekommen. Mit meinen Worten steht geschrieben, dass alle Versuche an mein Geld zu kommen gescheitert sind und das Z. bald abgeführt und dem Richter vorgestellt wird..... Wirklich abgeführt....Ein geiler Gedanke, aber ist das 2500 Euro Wert. Er wird zu guter Letzt die Finger heben und ich bekomme vielleicht einen Titel wo seine Kinder mir noch 1,50 Euro im Monat zurückzahlen werden.....Hurra

Nun aber zurück zu W. ....

Kapitel 59

Das allergrößte Problem und die größte Angst, nämlich das Familie W. wieder nicht zum angegebenen Termin auszieht, ist überstanden. Nun galt es alle Register zu ziehen. Ich habe soviel Geld verloren nun wollte ich mir jeden Cent wiederholen. Zumal ich ja wusste, dass beide Berufstätig sind. Außerdem keine Kinder...usw. Ich war mir sicher, jetzt, wo die raus sind geht es aufwärts. Und auch wenn es bei Z. schwer wird, bei denen hole ich mir für jede verlorene Nervenzelle die entsprechende Entschädigung...

Bei der Wohnungsübergabe, die übrigens ganz offiziell schriftlich angemeldet wurde waren die neuen Käufer, mein Anwalt und ich zum angegebenen Zeitpunkt anwesend. Nur Familie W. war natürlich nicht da.

Die Schlüssel lagen auf der Erde im Flur, die Wohnung war gegen unserer Erwartung doch relativ sauber. Wir warteten noch einige Zeit und machten uns dann auf eine Mängel- und Beanstandungsliste zu erstellen, die mein Anwalt dann auch wenige Tage später, genau am 06.12.2007, Familie W. per Einschreiben zukommen ließ.

Unteranderem war aufgelistet:

1. Im Bad Erdgeschoss ist der dort original montiert gewesene Keramag Renova Waschtisch mit Halbsäule inklusive der Einhebelmischarmatur Hansa – Mix nicht mehr vorhanden. Diese Einheit ist durch Sie ersetzt worden durch ein ausgesägtes Teil einer offenbar Küchenarbeitsplatte unter der sich ein Unterbauhandwaschbecken befindet. Es ist mehr als laienhaft installiert. Außerdem handelt es sich um billige Baumarktware. Waschtisch, Halbsäule und Einhebelmischer in entsprechend gleichwertiger Ausführung zu den vorhandenen Gegenständen sind wieder einzubauen.

2. Der WC – Sitz ist zerstört und liegt daneben. Ein neuer WC – Sitz ist einzubauen.......usw.

Insgesamt waren 9 Punkte auf der Mängelliste aufgeführt. Wovon ein Punkt noch erwähnenswert ist.

5. Das Glas der Wohnungseingangstür war offensichtlich zerstört. Das Glas ist ersetzt worden durch eine sehr dünne, labile Plastiktafel. Die Lackierung im Bereich der Halteleisten

ist zerstört. Eine passende Scheibe aus Glas ist einzubauen und die Tür zu lackieren.

Als wir diese Schäden und Mängel gesehen haben, habe ich nur auf einen Kommentar der neuen Käufer gewartet. Aber sie sagten nichts....im nachhinein weiß ich, dass sie eh alles rausgerissen haben. Es hätte aber auch wieder anders kommen können....Die Frist alle Mängel zu beseitigen wurde von meinem Anwalt bis zum 17.12.2007 gesetzt.

Kapitel 60

Natürlich passierte gar nichts. Bis auf ein Schreiben vom Gericht in dem Vermerkt wurde das W. das Feld geräumt hat und eine Kostenenentscheidung der Schlussentscheidung vorbehalten bleibt. Also der Verhandlung, wenn ich das Richtig verstehe. Dieser Brief wurde am 06.12.2007 aufgesetzt und das ist bald ein Jahr her !!! Wie ein Geschädigter mit solchen Wartezeiten leben kann ist denen Scheißegal.....

Apropos Leben, man kann jetzt natürlich denken, dass zu mindestens jetzt die finanzielle Stöhnerei aufhört. Das Haus Findelstraße ist doch verkauft und das Geld hat er doch auf dem Konto. Aber es hat sich in den Monaten wieder viele Schulden angesammelt. Das Haus musste ich natürlich unter Wert verkaufen, obwohl ich mit dem Preis immer noch zufrieden sein konnte. Es war mehr als der Makler vorher gesagt hatte, denn auch der Immobilienmarkt war tot. Es standen unzählige Häuser zum Verkauf und ich kann heute immer noch froh sein das es trotz aller Probleme noch relativ schnell ging. Dazu kamen die 5000€ Preisnachlass, weit überzogene Konten, die ich ausgleichen musste, Maklergebühren und nicht zuletzt das Finanzamt. Ich konnte am Ende meinen Baukredit so weit verkleinern, dass sich die monatlichen Belastungen um 300€ verringerten. Dafür, dass ich ein Haus von Mieteinnahmen finanzieren wollte ist es jeden Monat immer noch eine Stange Geld. Jeder Euro tut uns gut und ein deutsches Gericht braucht über ein Jahr um Recht zu sprechen.

Kapitel 61

Am 27.12.2007 schrieb mein Anwalt dem gegnerischen Anwalt einen Brief in dem er auf die Fristverstreichung der Mängelbeseitigungen hinwies und diese Mängel dann auch gleich in Euros umwandelte. Interessant ist bei diesem Schreiben noch ein weiterer Punkt:

10. Die Übergabe / Räumung erfolgte zu spät. Das Mietverhältnis war mehrfach wirksam fristlos gekündigt worden. Eine fristgerechte Übergabe an die Käufer war meinem Mandanten daher nicht möglich. Um einen Rücktritt der Käufer und damit einen massiven Schaden zu vermeiden, gelang es meinem Mandanten, mit den Käufern eine Kaufpreisreduzierung in Höhe von 5000€ zu vereinbaren. Auch diese Kosten sind zu erstatten.

Die Positionen dieses Schreibens beliefen sich auf 5841,95€. Eine Zahlungsvermittlung erwarteten wir bis zum 07.01.2008.

Natürlich passierte wieder nichts. Weder von W. noch von deren Anwalt kam ein Schreiben oder eine Stellungnahme zurück. Ich habe mir oft vorgestellt wie W. oder auch Z. diese Briefe kurz überfliegen, mal kurz schmunzeln und dann in den Müll werfen. Aber das selbst deren Anwälte sich dazu nicht mehr äußern....die vertreten doch das Recht. Oder haben die vielleicht gar keinen Anwalt mehr?? Vielleicht hat er ja auch aufgegeben weil er kein Geld sieht.....

Am 22.01.2008 wurde die Klage dann erweitert. Für mich wieder 150€ Eigenleistung. In einem Schreiben zum Amtsgericht wurden wieder einmal alle Punkte detailiert aufgelistet, inklusive der Mängel. Nun belief sich die Klage auf 7641, 95€ nebst 5% Zinsen. Diese Klageerweiterung wurde zunächst nur an meine Rechtschutzversicherung eingereicht und es dauerte wieder Wochen bis die grünes Licht gaben. Trotzdem vergingen Monate, bis Anfang April 2008.

Ich bekam eine Ladung zur Gerichtsverhandlung in der Sache W. für Freitag den 06.06.2008. Ich muss persönlich bei der Verhandlung anwesend sein. Das klingt gut!! Aber, was steht da noch? Es soll ein Güteversuch unternommen werden und der Sachverhalt aufgeklärt werden. Was für ein Güteversuch?? Ich will mein Recht und mein Geld. Güte habe ich genug gezeigt......ich fieberte diesen Termin entgegen.

Kapitel 62

So lange hatte ich gewartet. Endlich stand ein Gerichtstermin fest, bei dem ich doch wohl hoffentlich endlich mein Recht bekomme und mein Geld. Immer noch zahlte ich monatliche Beiträge an eine Vermieterrechtschutzversicherung, die ich im Grunde ja gar nicht mehr benötigte. Ich war ja kein Vermieter mehr. Aber solange die Sache nicht abgeschlossen ist kann ich diese Versicherung natürlich nicht kündigen.

Einige Wochen vor dem angesetzten Termin bekam ich Nachricht von meinem Anwalt. Am 06.06.2008 ist er im wohlverdienten Urlaub. Ohne ihn macht die Verhandlung keinen Sinn und er wird eine Verlegung beantragen....Super, ich war begeistert. Aber Urlaub ist Urlaub, natürlich verstehe ich das. Eine Verlegung wird ja wohl nicht wieder Monate Warten bedeuten...

Kapitel 63

In meiner Firma als Außendienstmitarbeiter für Heizung-Sanitärprodukte hatte ich mich mittlerweile gut eingelebt. Meine Nerven beruhigten sich wieder etwas. Der große Stress und die Angst alles zu verlieren hatte sich etwas gelegt. Das war auch gut so, denn mein Vater hat nach vielen Chemobehandlungen und Krankenhausaufenthalten bestimmt keine Lust auch noch an meine Probleme zu denken. Zu allem Übel ist auch noch meine Mutter ebenfalls an Krebs erkrankt. Ich vermied in diesen Wochen und Monate über meine

Probleme zu reden und meine Eltern nicht zusätzlich zu belasten. Und selber versuchte ich auch endlich mal abzuschalten...ein Ende war ja nun bald zu sehen...mit der Verhandlung.

Da das jetzige Mietshaus von W. in meiner Nachbarschaft liegt, führt mein Weg hin und wieder daran vorbei. Eines Tages sah ich ein Stromkabel quer über dem Grundstück liegen. Ich wusste sofort was los ist. Das Kabel ging aus dem Wohnzimmerfenster von W. rüber in das Haupthaus von der Mutter meines Kumpels. Ich dachte nur, dass W. die arme Frau jetzt auch schon um den Finger gewickelt hat, mit Sicherheit keine Stromrechnung bezahlt hat und mit irgendwelchen scheinheiligen Ausreden die alte Frau um Strom anbettelt. Nach einem Telefonat mit meinem Kumpel bestätigte sich meine Vermutung. Angeblich ein kleines Problem mit dem Stromanbieter....wird in den nächsten Tagen erledigt. Ausreden die ich ja auch so oft gehört habe....Tatsächlich war das Kabel nach wenigen Tagen wieder verschwunden...mal schauen was als nächstes kommt. Komischerweise ist auch der Passat von W. nicht mehr vor Ort, sondern ein kleinerer Wagen. Aber auch der musste ja irgendwie bezahlt werden.

Kapitel 64

Acht Wochen nach der Terminverlegung fing ich an mir wieder Gedanken zu machen. Es passierte in der Zeit gar nichts.

Außer das dieses unruhige Gefühl wieder in mir hoch kam. Je öfter ich darüber nachdachte umso verarschter kam ich mir wieder vor. Ich meldete mich mal wieder bei meinem Anwalt und fragte nach auf wen oder was da eigentlich gewartet wird. Er setzte ein Schreiben auf um das Gericht daran zu Erinnern, dass da doch noch eine Sache offen wäre....Unglaublich!! Vier Wochen später kam eine neue Einladung. Jetzt für den 26.11.2008. 15 Monate nachdem der Ärger begann.

Ich warte mit Spannung auf diesen Termin. Es sind jetzt noch sechs Wochen....

Vor ein paar Tagen traf ich dann mal wieder meinen Kumpel. Ich fragte natürlich nach Neuigkeiten. Und jetzt kommt es: Septembermiete ist offen, W. ist arbeitslos und er hat zum 31.10.2008 die Wohnung gekündigt!!!

Schlagartig fiel mir die Kinnlade runter. Ich wusste, dass die sehr wenig Miete zahlen mussten. Viel weniger als bei mir damals. Jetzt ist er also arbeitslos und kann sich anscheinend selbst diese Miete nicht mehr leisten. Es ratterte in meinem Kopf. Es wird genauso enden wie bei Z. . Er hebt die Finger und ich bekomme keinen Cent....Und nur, weil das Gericht so lahmarschig ist. Vor wenigen Wochen waren beide berufstätig, nun sieht es so aus als ob ich auch da der Verlierer bin.

Kapitel 65

Wir haben jetzt Mitte Oktober. Die Geschichte neigt sich langsam dem Ende zu. Denn ich denke, egal wie die Verhandlung ausgehen wird das Thema ist dann durch. Ich hoffe nur, dass Menschen wie Z. oder W. richtig auf die Schnauze fallen. Was die mit ihrer naiven und unterbelichteten Art anrichten und wie schnell so ein Verhalten ganze Existenzen bedrohen sollten sie am eigenen Leibe erfahren. Eine kleine Hoffnung auf mein Geld habe ich natürlich auch noch. Aber wirklich nur eine kleine.....

So wie ich mir mein Leben vorgestellt habe ist es leider nicht mehr. Meine Frau und ich arbeiten mittlerweile hauptsächlich nur für unseren Neubau. Eine Finanzierung, die auf Mieteinnahmen basiert ist nun einmal nicht so einfach zu decken. Auch habe ich meinen Beruf wieder gewechselt. Vom Anzug wieder zurück zum Blaumann. Als Kundendienstmeister stehe ich jetzt wieder im Stundenlohn und kann so durch Fleiß und viele Stunden Arbeit unser Leben wieder etwas komfortabler gestalten.

Beruflich fahre ich auch jeden Tag an dem Haus Findelstraße 66 vorbei. Manchmal denke ich dann an die schönen Zeiten dort. Oder wie alles gekommen wäre wenn wir dort einfach wohnen geblieben wären. Aber dann schießen die Tatsachen durch meinen Kopf und der Druck in meinem Bauch ist wieder da...

Schlusswort

Seit einigen Monaten schreibe ich nun in einigen Abständen an diesen Zeilen. Zum Einen als Aggressionsabbau, zum Anderen als reinen Selbstschutz, um selber keinen Blödsinn zu machen.

Es sind doch ein paar Seiten zusammen gekommen und obwohl es sich um meinen persönlichen Albtraum handelte bin ich doch der Meinung die Mehrzahl der deutschen Vermieter damit anzusprechen. Es gibt so gut wie keinen Vermieter, den ich gesprochen habe, der keinen Ärger hatte oder noch hat. Vielleicht interessiert sich ja auch ein Verlag oder eine Zeitung für diese Geschichte. Und auch wenn es abgedruckt würde und sich natürlich Namen und Adressen ändern, hoffe ich doch, dass es der ein oder andere liest und weiß welche Personen gemeint sind.

Die deutsche Gesetzgebung muss sich dringend ändern um ein Gleichgewicht der Rechtssprechung herstellen. Im Moment kann ich nur jedem Mietobjektbesitzer raten: Verkauft das Objekt und legt das Geld vernünftig an. Früher oder später bekommt jeder Mieter mit, wie einfach er ganz geschmeidig und ohne Konsequenzen den Vermieter schädigen kann....wer weiß wie viele es dann noch machen werden......

Einigkeit und Recht und Freiheit.......DEUTSCHLAND

Rainer Hölters